콩팥 같은 인생

Life like the kidney

국립중앙도서관 출판예정도서목록(CIP)

콩팥 같은 인생 : 김홍식 에세이 / 지은이: 김홍식. -- 서울
 : 선우미디어, 2015
     p. ;   cm
권말부록: 영역 작품
ISBN 978-89-5658-410-2 03810 : ₩12000

한국 현대 수필[韓國現代隨筆]
814.7-KDC6
895.745-DDC23   CIP2015023298

콩팥 같은 인생

1판 1쇄 발행 ｜ 2015년 9월 15일
1판 2쇄 발행 ｜ 2015년 12월 5일

지은이 ｜ 김홍식
발행인 ｜ 이선우
펴낸곳 ｜ 도서출판 선우미디어
        등록 ｜ 1997. 8. 7 제305-2014-000020호
        130-100 서울시 동대문구 장한로12길 40, 101동 203호
        ☎ 2272-3351, 3352 팩스: 2272-5540
        sunwoome@hanmail.net
        Printed in Korea ⓒ 2015. 김홍식

값 12,000원

※ 이 도서의 국립중앙도서관 출판시도서목록(CIP)은 서지정보유통지원시스템
   홈페이지(http://seoji.nl.go.kr)와 국가자료공동목록시스템(http://www.nl.go.kr/kolisnet)에서 이용하실
   수 있습니다. (CIP제어번호:2015023298)

ISBN 978-89-5658-410-2 03810

콩팥 같은 인생

김홍식 에세이

Life like the kidney

Essays by Hongsik Kim, M.D.

맑은 영혼의 소유자 재미 신장내과 의사의 기도, 봉사, 치유의 메시지

선우미디어

지금까지의 인생항로가 그러하듯이
저의 글쓰기도
생명의 근원이시며 인도자 되시는 분의
은혜였음을 고백합니다.

김홍식 박사의 출판을 축하하며

이언호 소설가, 희곡작가

작품을 쓰는 사람에게 3다의 계명이 있다.

많이 생각하고, 많이 읽고, 많이 써보라고. 이런 계명 앞에서 언어 철학자들의 어록을 생각해 본다. 인간은 언어를 벗어날 수 있는가. 그리고 우리는 생각하고 나서 말하는가? 말하면서 생각하는가? 생각하면서 말을 하는가? 혹은 우리는 나의 생각을 모두 글로 표현이 가능한가? 답은 생각과 말은 동시 개념이며, 나의 생각은 모두 글로 표현이 가능하다. 글을 쓰면서 타인을 의식하지 않는다면 말이다.

신이 우리에게 주신 가장 값지고 고귀하며 아름다운 선물은 아마도 언어인 것 같다.

언어란 바꾸어 말하면 말이다. 말의 높임은 말씀이라고 한다. 이 말씀이 얼마나 높고 숭고하며 아름답고 진실되는가 하는 것은 성서에 잘 쓰여져 있다. 천지가 창조되기 이전에 말씀이 계셨다. 말씀은 신과 함께 계셨고 신과 같은 분이셨다. 그리고…. 모든 것은 말씀을 통하여 생겨났다고. 해서 말씀과 신은 동일했고 그것은 천지창조 이전부터 있었다는 존재와 같은 것이 되겠다. 그러므로 말씀은 영원할 것이다. 또한 말씀은 희랍어로 로고스이고, 로고스는 진리라고도 할 수 있으니 그 말씀은 종교로, 문명으로, 문화로 우리 인간의 삶에 가장 필요하고 고귀한 위치에서 함께 살아가는 존재라고 할 수 있겠다. 그래서일까? 언어 철학자 비트켄슈타인은 "인간은 언어를 벗어날 수 있는가?"라는 질문을 스스로 했고, 언어 철학자 메를로 퐁티는 "말하는 사람은 말하기에 앞서 생각하지 않으며 말하는 동안에도 생각하지 않는다. 말하는 사람의 말이 생각 자체인 것이다."라고 했다.

　"인생은 짧고 예술은 길다."라는 말은 원래 "인생은 짧고 인술은 길다."라는 말의 번역 오류라고 한다. 히포크라테스의 명언집에 그리 나와 있다. 예술과 의술이 동의어가 아니었나 생각해 본다. 그밖에도 히포크라테스의 명언집을 보면 "우리의 삶에서 가장 중요한 것은 건강이다. 지나친 것은 자연을 거스르는 행위다. 우리가 먹는 것이 곧 우리 자신이 된다. 언어에 있어서 최고의 미덕은 명료함이다. 최대의 악덕은 어렵고 생소한 말을 쓰는 것이다. 웃음이야말로 몸과 마음을 치료하는 명약이다." 등 그 어록 자체들이 매우 문학적이기도 하다.

　김홍식 박사는 말씀을 묵상하며 생각을 글로 표현하기를 노력하는 사람이다. 그는 히포크라테스 선서를 지켜 나가기를 힘쓰며 예술과 인술을 동시에 추구하는 사람이기도 하다. 그는 시간을 쪼개어 오지에 나가 인술봉사를 하는 의사이며 나눔의 종교인이다. 이제는 수필가로서 좋은 말씀의 전달자이기도 하다. 이분은 내 건강을 늘 염려해주고 지켜주는 나의 주치의이다. 그는 내가 작가이며 교수였고 최근에는 "이민의 땅에 뿌리내린 사람들을 위해서 작은 문예창작모임을 하고 있다."는 말을 듣고 그 교실을 방문하였다. 그리고 시간의 돛배를 타고 거친 파도를 헤치더니 결국 〈한국수필〉에 당선이 되어 본격 수필가가 되었다. 지난 몇 년간 주옥같은 필체로 이곳 신문에 인기 칼럼을 연재하다가 드디어 수필집을 발간하게 되었다. 아주 장한 일을 한 것이다. 앞으로도 인류를 위하여 인술과 문학예술로, 우리 모두의 주치의로서, 삶의 풍요와 축복으로 이끌어 줄 것을 의심치 않는다.

수필집 출판을 마음 모아 축하드린다.

작가의 말

　나무를 뿌리째 옮기듯, 콩팥이 다른 몸으로 이식되어지듯, 삶의 터전을 이국으로 옮겨가는 일은 녹록한 일이 아님을 세월이 갈수록 느끼게 됩니다. 이물질을 밀어내려는 인간의 고유 면역체계와 같이 밀어내는 다른 문화에 동화되는 과정은 고통이 따릅니다. 낯선 땅에 사는 것도 쉽지 않은데 육체의 연약함까지 있는 분들의 아픔은 우리의 가슴을 더욱 휑하게 만듭니다. 그동안 외로운 분들과 함께하였던 삶의 굴곡을 꼭 모국어로 남겨야겠다는 생각은 오랫동안 간직하고 있었습니다. 먼저 겸허하게 비운 저의 작은 그릇에 소망을 채워 나가고 싶습니다.

　지금까지의 인생항로가 그러하듯이 저의 글쓰기도 생명의 근원이시며 인도자 되시는 분의 은혜였음을 고백합니다. 문우들과 도움을 주시는 여러분을 만나게 되어 지금 이 자리까지 오게 되었습니다. 저의 글은 병약했던 본인이 어떻게 의사가 되었는지 생각할수록 감사해서 부르는 노래이며, 살아오는 과정의 실수로 인한 힘든 고백이며 참회이지만, 부족한 나로서는 해낼 수 없는 사명에 대한 절규이기도 합니다.

　문학적으로 걸음마 수준의 제 글을 읽고 지치고 힘든 분들이 위로와 평안을 조금이라도 얻을 수 있다면 한없는 기쁨이요 영광입니다. 힘들지만 자기 자리를 꼿꼿이 지키는 '콩팥'처럼, 폭풍우를 타고 올라가 높이 더 높이 날아오르는 '알바트로스' 같은 분들이 많이 나타나기를 기도합니다.

　언제나 자극을 주는 글쓰기 아카데미의 문우들과 지속적인 애정과 용기를 주시는 이언호 선생님께 마음속에서 솟아오르는 깊은 감사를 드립니다. 또 글 쓸 지면을 허락해 주신 한국일보 권정희 위원님, 부족한 글을 격려해 주시고 너그러운 작품 평을 써주신 정목일 선생님께 깊은 감사의 인사를 드립니다. 책 출판을 위해 수고해 주신 선우미디어의 이선우 대표님 고맙습니다.

　저의 신앙의 인도자 되어주신 부모님, 최고의 후원자 되어주신 장인, 장모님, 첫 번째 독자가 되어준 사랑하는 아내, 나의 기쁨 희수, 학준 남매, 글을 교정해 주신 허영화 사무장, 저의 의사생활이 가능케 해주시는 우리 병원 직원들, 그리고 제 글을 읽고 기뻐해 주시는 모든 분들께 이 책을 바칩니다.

2015년 9월

김홍식

| 차례

Chapter **5**

알바트로스

[부록] 영역 작품

예방주사와 칭찬

멎으려고 하는 심장을 다시 뛰게 만드는 마그네슘 같은 사람은 어떤 분들일까. 자신의 귀한 것을 사회에 환원하는 분들, 예를 들면 장학사업을 하는 분들이 떠오른다.

요즘 미국이나 한국에서 자신의 부를 사회에 되돌리는 분들이 많아지고 있다는 소식을 접한다. 마그네슘이 다시 충전되는 우리사회의 미래는 밝아 보인다.

각도를 2도만 바꾼다면

존 트렌트라는 심리학자는 우주 항공 엔지니어와 대화하면서 배우고 느낀 점을 ≪2도 각도의 차이≫라는 책으로 엮어냈다. 그 책에 의하면 지구와 달의 거리는 약 24만 마일인데, 이는 지구 30개를 연결한 거리이다. 우주 탐사선이 달에서 지구로 돌아올 때 각도를 불과 2도만 잘못 잡으면 지구에 도착할 때는 1만 1천 120마일이 달라진다고 한다.

존 트렌트 박사는 이를 응용해 인간관계뿐 아니라 건강관리에서도 각도를 2도만 돌리면 우리들이 바꾸고자 하는 것을 서서히 그러나 힘들이지 않고 바꿀 수 있다고 말한다.

한인을 포함한 미국 성인들의 대표적인 병은 고혈압, 당뇨, 중풍과 심장마비 등을 일으키는 동맥경화증이다. 병이 처음 발견되면 환자들마다 보이는 반응은 제각기 다르다. 보통은 충격, 그리고는 '그렇지 않을 것'이라는 부정이 앞선다. 하지만 시간이 지나면서는 현실을 받아들이고 치료를 시작한다.

이러한 병을 잘 조절한다면 여러 합병증을 예방할 수 있다. 그러나 의사의 지시대로 잘 따른다 해도 치료가 쉽지 않은 경우가 많다. 특히 음식조절과 운동이 그러하다. 처음에는 잘 하다가도 곧 지치거나 느슨해진다. 상태가 안 좋은 환자들은 정기적인 진찰 때마다 잘 하지 못하는 것에 대해 미안해하기도 하고 여러 가지 핑계를 대기도 한다.

"모임이 왜 그렇게 많은지요." "한국에서 온 친구를 대접하다 보니…." "옆에서 너무 잘 먹으니." 등.

덧붙여서 자신의 각오를 피력함으로써 의사의 입을 막아 버린다.

"내일부터는 한 시간 이상씩 걷겠습니다." "일주일에 세 번 이상 체육관에 가려고 아예 일 년치를 등록하겠습니다." "이번 달에 몸무게를 최소한 10파운드를 빼겠습니다."

그러나 기대치를 너무 높이 잡으면 실제로 아무런 변화도 일으키지 못하는 경우가 많다. 이런 경우 현실적으로 가능한 '미세한 2도의 변화는 무엇인지를 생각해 보는 게 좋다. 평소 생활을 즐기면서 현실 속에서 할 수 있는 것들을 해보는 것이다.

예를 들어 열량이 많은 디저트를 매일 먹는다면, 그 디저트를 완전히 끊지 말고 우선 반으로 줄여 보는 것이다. 그것이 익숙해진 다음에는 디저트를 이틀에 한 번씩 먹는 것으로 바꾸어 본다.

커피를 좋아한다면 커피에 설탕을 넣지 말고 마시는 것이다. 매일 엘리베이터를 타는 사람은 하루에 한 번은 계단으로 걸어 올라가도록 해본다. 아니, 처음에는 내려가는 것만 계단을 이용해도 좋을 것이다.

자동차 주차는 가능한 한 멀리 해놓고 걸어간다. 운동이 부족하지만 시간에 쫓겨 체육관에 못 간다면 우선 주위를 하루에 10분만이라도 걸어본다. 봄바람에 실려 오는 남가주 라일락 향기는 고향의 아카시아 향기를 연상케 해서 더욱 기분이 좋다.

텔레비전 시청, 음주와 흡연도 2도씩 줄여 나가면 끊기가 더 쉬울 것이다. 그런 작은 노력들이 시간과 함께 모아지면 달 우주 탐사선 이야기처럼 나중에는 큰 차이를 가져올 수 있을 것이다.

눈에 잘 띄지 않는 '2도 각도 변화'는 건강에서만 아니라 인간관계에서도 똑같이 적용될 수 있다. 우선 만나는 사람들에게 의식적으로 가벼운 인사를 한다. 인사하는 것이 몸에 배면 조금 더 크게 인사를 하고 간단한 대화를 시도해 본다.

자녀들과 서먹서먹한 시간이 오래 되었다면 먼저 "하이!" 하고 웃어 본다. 그 다음에는 아이스크림을 같이 먹으러 가자고 해 본다. 그것이 가능하게 되었다면 좋아하는 것을 사줄 테니 같이 가자고 해 본다. 아내가 요즘 시큰둥하다면 한번 슬며시 설거지를 해보자. 장미꽃 한 송이를 들고 가보자. 그 다음에는 영화를 보러 가자고 할까.

존 트렌트 박사는 일터에서 돌아오는 길에 아내에게 전화를 걸어 집에 도착하자마자 해주기를 원하는 일 꼭 한 가지만 물어본다고 한다. 다른 일을 제쳐놓고 아내를 위해 하는 그 한 가지 일이 '2도 각도'이고 그것이 오래 쌓이면 두 사람의 관계는 훨씬 좋은 자리에 가 있다고 경험담을 털어놓았다.

사회와 다른 사람들이 바뀌어야 된다고 주장하기 전에 내가 바꿀 수 있는 2도는 무엇일까.

우리 사회의 나트륨 혹은 칼륨

건강하던 분이 어느 날 응급실로 실려 왔다. 가족들에 의하면 며칠 전부터 식욕 부진, 구토증, 집중 곤란, 두통이 심해지면서 점차 안절부절못하더니 정신이 혼미해졌다는 것이었다.

뇌에 무슨 큰 문제가 생겼을 것이라고 긴장하며 응급실 의사와 상의하여 뇌 단층 촬영을 비롯한 각종 검사를 시작하였다. 그런데 의외로 다른 모든 검사는 정상이었고 140이어야 정상인 혈중 나트륨의 수치가 105로 떨어져 있는 것이 아닌가.

부리나케 소금이 많이 들어 있는 수액을 투여하기 시작한 후 가족들에게 환자의 평소 건강상태를 물어보았다. 결론은 고혈압이 있고 신장이 약한 환자가 저염식을 하는 상황에서 콩팥으로 소금기가 많이 빠져 나가면서 생긴 현상이었다. 나트륨이 120 이상으로 회복되면서 환자는 정상으로 돌아오기 시작하였다.

나트륨은 체중의 0.09%(60g 정도)만 있으면 되지만 몸에서 없어서는 안 되는 아주 중요한 성분이다. 인간이 본능적으로 섭취하는 나트륨은 대부분 소금에서 온다. 예전에는 소금이 귀해서 로마시대 군인들의 급료가 소금으로 지급되었다고 한다. 봉급을 뜻하는 'salary'는 소금을 뜻하는 라틴어에 기원을 두고 있다.

소금은 너무 많아도 너무 적어도 문제가 된다. 너무 많이 섭취하게 되면 고혈압, 뇌졸중, 위암, 골다공증, 요로결석, 콩팥 기능악화 등을 가져올 수 있다. 너무 섭취가 적어 부족할 때는 뇌세포가 부어올라 응급실에 실려 왔던 환자처럼 될 수가 있다.

소금의 역할은 음식의 맛을 내고 식품을 오래 보존시키는 것이다. 사람 중에도 소금처럼 맛을 내는 사람들이 있다. 인사를 상냥하게 하고, 잘 웃고, 상대방의 기분을 살피며 대화를 하는 사람들이 그들이다. 상대방을 무작정 비방하지 않고, 때에 따라 적절한 조언으로 깨달음을 얻게 해주는 이도 '소금' 같은 사람일 것이다.

소금 같은 사람들은 누구인가? 정직하고, 약속을 잘 지켜서 신뢰할 수 있는 사람들이 아닐까. 손해를 보더라도 약속을 지키는 사람들이 있어서 사회가 썩지 않고 돌아간다는 생각이 든다. 금방 드러나지는 않지만 겪어 볼수록 호감이 가고 사귀고 싶은 분들이다.

우리 몸에는 나트륨 외에도 적은 양이지만 꼭 필요한 다양한 전해 물질들이 있다. 칼륨이 그중 하나이다. 칼륨은 초록색 야채와 오렌지에 풍성한데, 주로 세포 내에 존재하며 소량은 혈중에 녹아 있다. 수소 이온과 함께 몸의 산, 알칼리성을 유지해 주는 중요한 역할도 한다.

혈중 칼륨 농도가 너무 낮으면 근육마비, 부정맥, 영양 부족이오 며, 과다하면 부정맥으로 심장마비가 올 수 있다. 그렇기에 칼륨은 매우 일정하게 혈중에서 유지되고 있다. 항상 자기 자리를 지키며 꾸준하게 본인의 역할을 하는 사람들 같다고나 할까. 유명인사들은 아니어도 정말 없어서는 안 되는 존재들이다. 이런 분들 덕분에 우리 사회의 심장은 뛰고 있는 것이다.

마그네슘은 우리 몸에 매우 적은 양이 있지만 세포 내에서 300 여 가지 화학반응의 촉매로 작용한다. 현미같이 정제하지 않은 곡물, 견과류, 녹색 야채에 많은 마그네슘이 부족하면 우리의 세포는 마비 되고 만다. 마그네슘이 부족하면 정신장애, 불안, 신경과민, 우울증, 고혈압, 심근경색증, 부정맥이 나타난다. 심장을 멎게 할 수도 있는 매우 위험한 부정맥이 마그네슘 주사 투여 후 없어지는 것을 여러 번 임상 경험하였다.

멎으려고 하는 심장을 다시 뛰게 만드는 마그네슘 같은 사람은 어 떤 분들일까. 자신의 귀한 것을 사회에 환원하는 분들, 예를 들면 장학사업을 하는 분들이 떠오른다.

요즘 미국이나 한국에서 자신의 부를 사회에 되돌리는 분들이 많 아지고 있다는 소식을 접한다. 마그네슘이 다시 충전되는 우리사회 의 미래는 밝아 보인다.

응급실의 '김발장'

불어 닥친 경제 한파로 날씨가 더 쌀쌀하게 느껴진다. 그런 와중에 의료개혁 논의가 한창이다. 무보험자들을 생각하면 개혁도 혁명적인 대개혁이 있어야 한다.

가을이 깊어 가면 생각나는 사람이 있다. 꽤 시간이 흘렀는데도 잊을 수가 없다. 어느 날 김 씨가 배가 아프다며 병원응급실로 들어왔다. 응급실 의사가 검사를 해보니 대장을 수술해야 되는 상황이었다. 보험이 없는 한인 환자이다 보니 주치의를 맡아주어야 할 한인 의사를 찾게 되었고 나에게 연락이 왔다. 그 환자를 살펴보니 급하게 수술을 해야 되는데 그는 보험이 없다고 약 처방만 받아 집에 가게 해 달란다.

내가 미국에 처음 와서 보험도 없고 직장도 없는 상황에서 맹장염에 걸렸던 때가 생각났다. 나도 그때 응급실에서 만난 외과 의사 닥터 황께 똑같은 소리를 했었다. 당시 황 선생님이 나에게 해주셨던 말을 김씨에게 반복했다.

"사람은 살고 보아야 합니다. 아무 소리 말고 수술하세요."

그는 무척 망설이는 표정이었지만 대안이 없었다. 인근의 선배 외과의사에게 부랴부랴 연락을 했다.

"선배님, 보험 없는 불쌍한 환자가 있는데 내 얼굴을 봐서 수술 좀 해 주세요."

이런 염치없는 연락을 자주도 했건만, 역시 의리의 한국인 외과 선배님은 투정 한마디 없이 응급수술을 해주셨다.

수술이 끝나고 김 씨의 상태가 나날이 좋아지고 있었다. 그런데 진찰 도중 이야기를 나누면서 그가 서류 미비자인 것을 알았다. 갖가지 신분증을 살짝 바꾸어서 쓰고 있는 중이었다. 또 경제적으로, 가정적으로 아주 어려운 상황에 놓여 있음을 알게 되었다.

병원에서 만날 때마다 그의 몸 상태는 좋아지는데 그의 한숨은 무거워져만 갔다. 드디어 퇴원 날짜가 다가왔다.

"선생님, 어쩌면 좋지요?"

"나가서 조금씩이라도 갚으세요."

"그것도 마음대로 안 될 거예요. 신분도 탄로 날 것이고요."

나는 그가 간직한 모든 비밀을 정확히 알 수는 없었다. 외과 선배님께 그의 이야기를 했더니 나에게 비상벨이 없는 비상구의 위치를 알려 주었다. 그때는 비밀 카메라도 없었다. 나는 그것이 무엇을 뜻하는지 알았다. 나는 환자에게 "김 선생님, 저기에 있는 문이 비상구로 통하는 문입니다. 별로 감시 장치가 없어요. 내일 아침 7시와 8시

사이에 간호사들 교대가 있으니 별로 보는 사람이 없을 겁니다." 마주치는 그의 눈이 반짝였다.

다음 날 아침 8시 30분쯤 회진을 돌기 위해 그 병동에 갔더니 간호사들이 김 아무개 환자가 없어졌다고 걱정들이다. 나는 그날 하루 종일 ≪레미제라블≫에 나오는 장발장과 신부 미리엘을 생각했다. 장발장은 빵 한 조각을 훔치다가 전과자로 낙인찍혀 개보다도 못한 신세로 전락한다. 그런 그에게 성당의 미리엘 신부가 도움을 준다. 그러나 비뚤어질 대로 비뚤어진 그는 이에 만족하지 않고 사제관의 은접시를 훔쳐 달아나다가 헌병에게 잡혀 신부 앞으로 끌려온다.

그 절박한 순간, 신부는 헌병에게 "은접시는 내가 준 선물이네."라고 거짓 증언을 한다. 덧붙여 "은촛대는 왜 안 가지고 갔나?"라며 장발장에게 은촛대까지 내준다. 그 자비와 사랑으로 장발장의 모든 적개심과 굳은 마음은 녹아내린다.

그날 밤 장발장은 울고 또 울다 한 줄기의 빛을 본다. 그리고 그는 새로 태어난다. 후에 장발장은 자유, 평등, 박애정신에 입각한 프랑스 혁명을 경험한다.

요즘도 나는 병원에서 나올 때마다 '김발장'이 이용했을 비상계단을 걸어 내려온다. 잠깐이라도 운동을 하기 위함이지만 그때 마다 미리엘 신부를 용서해 주신 절대자가 나의 죄 또한 용서해 주시기를 기도드린다.

'김발장'도 용서와 사랑으로 다시 태어나 어디선가 불쌍한 사람들을 도와주고 있으리라.

심장은 무엇으로 채우는가?

인간의 사망원인 중에 심장병에 의한 사망이 제일 많다. 심장은 펌프 역할을 해주는 근육, 심방과 심실 사이의 밸브, 전기를 일으키고 전달하는 특수 섬유질로 되어 있다. 의학이 발달하여 인공밸브, 심장박동 조절장치, 심장 혈관수술 등이 쓰이고 있지만, 심장근육이 심하게 약화된 경우는 약물치료에 한계가 있어 심장이식수술을 해야 한다.

남아프리카공화국 케이프타운에서 꼭 가보고 싶었던 그루트 슈어 병원을 방문할 기회가 있었다. 1967년 12월 13일 크리스티안 버나드 심장전문의가 최초로 사람을 대상으로 심장이식을 한 병원이다.

가난한 목사의 가정에서 태어나 남아공에서 외과의사가 된 크리스티안 버나드는 미국 미네소타 대학에서 수학했다. 그는 남아공에서 세계 최초로 인간에게 심장이식을 시행하였는데 당시 의학계의 일반적인 견해는 거부반응에 대한 문제가 해결되지 않아 수술은 시기상

조라는 경향이었다.

　반응이야 어쨌든 버나드 박사는 '최초'라는 프리미엄으로 세계적 명성을 얻었다. 그런데 25세의 여자의 심장을 이식 받은 55세의 남자 환자는 수술 2주 후에 폐렴으로 사망하였다. 그럼에도 버나드 박사는 명사가 되어 있었다. 미국에 와서 방송에 출연하고, 당시의 존슨 대통령도 만나고, 비틀즈만큼의 열렬한 환영을 받았다. 타임지의 표지모델이 되었고, 언론은 1968년을 '이식의 해'로 명명하였다.

　이후 세계 여러 곳에서 12개월 동안 101회의 심장이식이 이루어졌다. 그러나 심장의 면역거부 반응으로 일 년 가까이 생존한 사람은 한 사람밖에 없었다. 그런 중에도 버나드 박사와 소수의 의사들은 심장이식을 계속 수행하였다. 1980년이 되어서야 면역억제제 사이클로스포린의 등장으로 이식수술의 결과는 좋아졌다.

　'최초'라는 타이틀로 버나드 박사는 명성과 부를 동시에 얻었으나 화려한 성공은 가정의 파탄을 가져와 첫째 부인과는 두 자녀를 낳고 헤어졌다. 이혼한 버나드 박사는 48세에 19살 난 상속녀와 재혼한다. 그리고는 12년 살다 다시 이혼하고, 66세 때 젊은 모델과 세 번째 결혼을 한다. 하지만 그 결혼도 12년 후인 2000년에 이혼으로 마감한다. 그 이듬해에 심한 천식으로 죽었는데, 부인들이나 자녀들 중 한 명도 곁에 함께 하지 않은 채 외롭게 죽은 것으로 알려져 있다. 대단히 성공한 의사였지만 인간적으로는 평탄치 못한 삶이었다.

　케이프타운에 있는 심장이식 박물관에서 천재 의사의 앞서 갔던 생각과 용기, 업적에 감탄하였다. 한편 부와 명성 이후의 삶을 보면서 "성공은 외부적인 성취만이 아니라 마음속의 만족과 행복감으로 결정되어진다."는 생각이 들었다.

능력 있고 유명했던 그의 마음 한구석은 텅 비어 있지 않았나 싶다. 그는 이식을 받기 위해 심장을 떼어낸 환자 가슴의 빈 공간을 보며 한없는 고독과 외로움을 느꼈다고 했다. 심장이 뛰고 있어야 할 자리가 텅 비어 있는 것을 볼 때의 공허함…. 그는 그 빈자리를 젊은 미모의 여자들로 채우려 하지 않았나 상상해 본다.

영어에서 심장과 마음은 같은 단어를 쓴다. 우리의 심장이나 마음은 너무나 커서 이 땅의 어떤 것으로도 채워질 수가 없다. 마음은 채우는 것이 아니라 사랑하며 나누어 주는 것이 아닐까?

우리는 이 땅을 떠나면서 심장을 누군가에게 주고 갈 수도 있다. 그러나 그 심장도 오래지 않아 멈추게 된다. 하지만 우리의 마음은 사랑하는 이들에게 영원히 주고 갈 수 있다.

예방주사와 칭찬

질병은 미리 퇴치하는 것이 중요하기 때문에 예방주사와 충분한 영양섭취가 필요하다. 유아 때 소아과에서 맞는 소아마비, 홍역, 수두, 풍진 예방주사는 학교에서 철저하게 확인을 하여 질병이 현저하게 줄었다. 성인들에게는 폐렴, 간염, 독감, 대상포진 예방주사 그리고 파상풍 주사가 필요하다. 요즘에는 백일해 주사를 맞지 않으면 갓 태어난 손자, 손녀들을 만나러 갈 때 자식들에게 눈치가 보여 갈 수 없는 형편이 되었다.

질병에 예방주사가 필요한 것처럼 우리 인생에도 미리 교육받고 마음에 준비를 해 두어야 되는 주사 같은 것들이 있다. 어릴수록 주사가 효과적인 것처럼 이런 준비도 빠를수록 좋다. 자립심, 정직에 대한 주사가 인생에서는 꼭 필요해 보인다.

아들의 어릴 때가 생각난다. 누나보다는 유순하고 악착같은 면이 없고 늦게 트이는 것 같아서 걱정이었다. 여름방학 때도 숙제를 미루어 놓고 놀기에 바빴다. 한번은 개학 직전에야 숙제를 시작했는데, 양이 많은 것을 미처 계산하지 못했던 것 같다. 아들은 울면서 엄마에게 숙제를 해달라고 부탁했는데, 아내는 미리 경고했었기 때문에 해줄 수 없고, 숙제는 본인이 해야 되는 것이라고 단호하게 거절했다. 아들은 징징거리면서 결국 숙제를 끝내지 못한 채 학교에 갔고 그 결과 낙제점수를 받아 왔다. 나는 속으로 '그것 참, 아이 숙제를 좀 해주고 학점을 받아오게 한 다음에 야단을 치면 좋겠구먼!' 하고 안타깝게 생각했다.

그런데도 아내는 냉정하게 계속 아이가 직접 해야 될 일은 해주지 않았고 아들 역시 본인의 일은 무슨 일이 있어도 부모가 도와주지 않는다는 것을 배워나갔다. 결국 서서히 자립심을 기르게 되었고 자기 일은 스스로 잘 마무리 지을 수 있을 만큼 성장하였다.

한번은 우리 집 아이들과 서울에서 온 지인들과 그 댁 아이들을 데리고 디즈니랜드에 간 적이 있었다. 비교적 비싼 아이들의 입장료를 사려는데 9세까지는 할인이 많이 되고, 10살부터는 할인이 적었다. 마침 막 10살이 된 큰아이들한테 "9살이라고 해라."라는 의견들이 있었다. 하지만 상의 끝에 우리는 돈을 더 주더라도 아이들에게 10살이라고 정직하게 이야기해야 된다는 결론을 내렸다. 놀랍게도 아이들은 성장하고 나서도 그 사건을 생생하게 기억하고 있었다. 나는 지금도 그 순간 어른들이 실수하지 않은 것이 얼마나 다행인가 하며 진땀을 닦곤 한다. 자립심과 정직의 예방주사를 맞지 않고 어른이 된 사람들이 많아 우리 사회가 어두워지는 게 아닌가 생각해 본다.

인생의 예방주사 못지않게 중요한 우리 마음을 살리는 영양분은 칭찬이다.

영어에는 한국말보다 칭찬하는 말이 훨씬 더 많은 것 같다. 내가 아는 선생님 한 분은 교회에서 주의가 산만하여 읽는 것이 늦어져 별도의 지도가 필요한 제임스에게 영어를 읽고 발음하는 것을 가르치고 있다. 공부를 가르치면서 선생님이 제임스를 여러 가지 말로 칭찬하는 것을 보았다.

Awesome 굉장한데, Well done잘 되었어, You are great 너 정말 대단해, Great 대단해, Hooray 야호, You did it 너는 해냈어, Good work 잘했어, Sweet 깔끔하고 아주 좋아, Perfect 완벽해, Yes 예! 당첨, Super 굉장해, 놀라워, That's it 바로 그거야, Fantastic 환상적이야, Terrific 깜짝 놀라게 잘했어, Phenomenal 보통 예삿일이 아니야, Unbelievable 믿기 어려울 정도인데, Magnificent 훌륭해, Wow 와우, You are amazing 너는 놀라워 보통이 아니야, 등등….

제임스의 학습태도는 칭찬을 통해 확연히 달라졌고 놀라운 진전을 보이고 있다고 했다.

칭찬은 개인의 성품에 맞추어서 해야 됨은 물론이고 말뿐 아니라 상대편의 장점과 독특한 면을 인정해 주는 것이라 생각한다. 우리 모두에게 영양분이 필요한 것처럼 서로를 인정해 주고 용기를 북돋워 주는 말을 한다면, 마음의 꽃은 활짝 피고 가라앉았던 소망은 날개를 치며 올라갈 것이다.

이 땅에 칭찬이 필요치 않은 사람은 한 명도 존재하지 않는다. 상대방의 칭찬에 인색했던 나 자신을 돌이켜 보며 이렇게 외쳐 본다.

"You are great and amazing."

영혼의 청진기

의사가 진찰을 하는 방법은 여러 가지가 있다. 환자의 표정과 피부색 등을 눈으로 관찰하는 시진, 병력을 물어보는 문진, 몸을 두드려보는 타진, 아픈 부위를 만져보는 촉진, 그리고 들어보는 청진 등이다. 조선시대에는 남자 의원이 여자 환자를 함부로 만질 수 없어 손목에 실을 매어서 실을 통한 느낌으로 촉진을 했다니 옛날 의원들의 정성과 실력에 감탄을 한다.

청진은 문진을 한 다음, 환자의 상태를 귀로 확인하는 과정이다. 역사적으로 청진은 히포크라테스가 환자의 몸에 자기의 귀를 대 체내의 소리를 직접 들어본 데서 비롯되었다고 한다. 청진기가 나온 것은 훨씬 이후의 일이다.

프랑스 내과의사 라에네크는 1816년 어느 날 놀이터에서 아이들의 노는 모습을 지켜보고 있었다. 한 아이가 판자를 못으로 박박 긁으면 반대편에 있는 아이가 판자에 귀를 대고 듣고, 또 긴 나무막대를 서

로 귀에 대고 재잘거리며 웃는 것을 보고 환자의 몸에 귀를 대지 않고
도 몸속의 소리를 들을 수 있겠다는 생각을 하게 되었다.

그는 심장이 안 좋다며 찾아온 환자의 심장부위에 종이로 만든 원
통의 한쪽 끝을 대고 다른 한 쪽 끝에 그의 귀를 갖다 대었더니 심장
소리를 훨씬 명확하게 들을 수 있었다. 라에네크는 이 발명품에 그리
스어로 '가슴을 본다'는 뜻의 'stethoscope'라는 이름을 붙였다.

청진기는 심장의 박동이 만들어내는 심장음, 호흡할 때 폐에서 나
는 수포 음이나 휘파람 소리를 잡아냄으로써 폐렴, 천식, 심장질환을
알아낼 수 있다. 장의 움직임도 청진기로 들을 수 있다. 장의 연동운
동이 항진되거나 저하된 소리를 통해 장이 막혔다든지, 장에 염증이
있어 장이 움직이지 않음을 알 수 있다. 그 외에도 아주 세밀히 배꼽
주위를 귀 기울여 들어보면 신장으로 가는 혈관이 좁아져 생기는 혈
액의 소용돌이 소리도 들을 수 있다.

멋진 청진기를 처음 가졌던 때가 생각이 난다. 목에 걸어보기도
하고 빙빙 돌려 보기도 했다. 그러나 내장에서 어떤 소리가 날 것인
지 잘 모르거나, 무슨 소리를 들을 것인지 마음속으로 준비하지 않고
환자를 청진할 때는 전혀 아무 소리도 들을 수가 없었다. 즉 머리로
알고 마음으로 듣고자 하는 소리만을 청진기로 들을 수 있다는 사실
을 경험했다.

이런 현상은 다른 사람과 대화할 때도 적용된다는 것을 깨달았다.
나는 대화할 때 상대방의 이야기를 귀로만 듣고 마음에는 담아 두지
않았다는 것을 의사가 된지 오랜 세월이 지나서야 깨달았다. 빈번히

상대방의 말이 끝나기도 전에 나는 내 마음의 생각만을 이야기하고 있었다.

그 후 여러 경험을 통해서 인간은 눈과 귀와 마음으로 상대방의 이야기를 들어야 한다는 것을 배웠다. 꺼내지 못하는 가슴의 깊은 울림도 마음으로 들을 수 있어야 한다.

자칫 우리는 들리는 소리만 듣는다. 또 듣고 싶은 소리만 듣는다. 그러나 마음속 깊이 있는 이야기까지 들을 수 있어야만 진정한 친구나 의사가 될 수 있음을 깨달았다.

얼마나 많은 현대인들이 진정한 대화 상대가 없어 마음의 고통과 우울증에 시달리고 있는가? 말로 하지 못하는 마음의 소리까지 들어줄 수 있다면 우리의 괴로움은 쉽게 나눠질 수 있을 것이다.

어느 시인은 가을을 귀로 듣는다고 했다.

가을은 가장 먼저 내 귀로 다가온다/ 귀뚜리가 맑은 소리로/ 새벽잠을 깨우니까. …… 중략 ……

그때 정적을 깨는 새소리에 화답하듯/ 소슬바람이 분다/ 먼바다의 파도 소리로/ 숲 속의 나뭇잎들을 떨구고/ 더 숨죽여 귀를 멈추면/ 산과 산이 손뼉을 치듯/ 노을을 향해 어둠을 합창한다./자연을 보라/ 자연의 소리를 들어보라/ 귀로 듣는 가을, 거기 내 하나님의 음성이 숨어 있음을

―박이도 〈귀로 듣는 가을〉

남이 들을 수 없는 소리를 들을 수 있는 시인의 마음을 나 또한

갖기를 원한다. 눈과 귀와 온 마음으로 아픈 사람의 소리를 듣고, 소리조차 내지 못하는 깊은 괴로운 마음을 영혼의 청진기로 들을 수 있게 되기를 소망한다.

마음을 씻는 비누

한국이 구제역으로 몸살을 앓고 있다. 바이러스가 원인인 이 병은 소, 돼지, 사슴, 염소, 양 등 발굽이 두 개로 갈라진 동물들에게서 입, 발에 수포를 동반한 통증과 고열을 일으키며 최대 치사율은 55% 이상이다.

구제역은 전염성이 아주 강하며 변종이 많아 마땅한 치료법조차 없기에 문제가 더욱 심각하다. 이 병에 걸린 가축은 후유증이 심하여 생식능력 역시 떨어지게 된다. 사람은 구제역에 걸리지는 않으나 균을 퍼뜨릴 수 있기에 다른 곳으로 전염시키지 않도록 주의해야 된다.

20세기 이전에는 질병 중 가장 큰 부분을 차지한 것이 미생물의 감염에 의한 질병이었다. 20세기 초반까지만 해도 장기와 상처의 감염을 치료하기 위해 수은과 같은 독성 강한 중금속 약물이 사용되었다. 그런 약물은 부작용이 심했고 치료도 잘 되지 않아서 많은 사람들이 감염 질병으로 목숨을 잃어야 했다.

다행히도 1928년 영국의 플레밍 박사에 의한 페니실린 발견은 치명적인 감염으로부터 인류가 자유로워지는 항생제 개발의 계기가 되었다. 그런데 항생제가 갖는 심각한 문제가 있다. 처음에는 항생제에 의하여 쉽게 병균이 죽지만 반복하여 같은 항생제를 사용하면 항생제에 견딜 수 있는 내성을 갖게 된다는 점이다.

얼마 전부터는 슈퍼 박테리아가 등장을 하였다. 이는 강력한 항생제에도 죽지 않는 박테리아를 말한다. 1961년 영국에서, 1996년에는 일본에서 아주 강력한 항생제에도 죽지 않는 황색포도상구균이 보고된 후 미국에서도 급증하였다. 2004년 미국에서 이 감염으로 죽은 사람이 에이즈로 사망한 수보다 많았다. 이제는 우리 커뮤니티에서도 슈퍼 박테리아가 많이 발견되는 상황이어서 걱정이다.

희망적인 소식은 여러 나라 과학자들의 슈퍼 박테리아 퇴치 연구가 활발하여 항생제 저항성을 일으키는 핵심 유전자를 밝혀내는 등 성과가 괄목할 만하다는 것이다.

그러나 의외로 감염을 많이 줄여줄 수 있는 방법은 아주 간단하다. 손을 자주 씻는 것이다. 병원에서도 손을 비누로 30초 이상 잘 닦아주는 것이 감염을 가장 많이 줄이는 쉽고도 경제적인 방법임을 모든 의료진에게 재차 강조하고 있다.

아시아 유목민들도 이런 비결을 알았던지 염소의 지방과 나무가 타고 남은 재를 혼합해서 사용했는데, 그것이 비누의 시초였다고 한다. 8세기에 이탈리아에서는 올리브유와 해초를 태운 재를 써서 만든 비누가 일반 대중 사이에 널리 사용되었다.

재미있는 사실은 비누로 손을 닦는 것을 강조하다보니 그렇게 된 것인지 모르나, 모든 의료진은 매일 사용하는 의료기록부를 SOAP(비누)의 형식으로 기록한다. 의료인은 제일 먼저 환자가 말하는 주관적인 호소, 어디가 아프다는 이야기를 적는다(Subjective). 그 다음에는 객관적인 사실 즉 체온, 혈압, 맥박 등과 검사결과를 기록부에 적는다(Objective). 그리고 종합적으로 상황을 판단한다(Assessment). 그 다음에는 치료의 계획을 세운다(Plan).

각 단어의 첫 자를 따오면 SOAP가 된다. 의료인들은 모두 이런 방식으로 생각하고 기록부를 적기 위해 많은 훈련을 한다. 주관적인 이야기와 객관적인 사실을 합쳐서 생각하고 앞으로의 진료를 계획하는 방식은 어쩌면 좌로나 우로나 치우치지 않으려 했던 우리 선조들의 생각과 비슷한 것인지도 모른다.

우리 마음을 청결하게 씻어내는 비누(SOAP)는 무엇일까? 기름과 재가 만나면 비누가 되는 것처럼 우리의 마음속에서 자신만을 생각하려는 탐욕의 기름이 자신을 불태우는 사랑과 희생의 재와 만나면 마음을 씻어주는 비누가 될 것 같다. 일확천금을 꿈꾸고, 다른 이를 탓하는 내 마음을 그 비누로 청결하게 씻는다면, 나는 정직과 성실함을, 사랑과 희생정신을 회복하고 현대의 혼탁함에서 자유롭게 될 것이라는 생각을 해본다.

때를 아는 사람들

오래 전 현인은 "하늘 아래 모든 일에는 정한 때가 있고, 시기가 있는 법이다. 날 때가 있고, 죽을 때가 있고, 심을 때가 있고, 심은 것을 뽑을 때가 있다."고 하였다.

세월이 갈수록 모든 일에는 시간과 때가 중요하다는 것을 느끼지만 그 중에서도 환자를 치료할 때 시간을 놓쳐서는 안 되는 경우가 많다. 심장마비로 오는 경우 급하게 약을 투여하거나 전기충격으로 부정맥을 치료하고, 막혔거나 좁아진 관상동맥을 정밀검사 후 뚫어야 한다. 위장출혈이 있는 환자는 즉시 수혈을 시작하고 위장내과 의사의 도움으로 출혈되는 부분을 찾아서 적절한 치료를 해야 한다.

급성맹장염은 맹장이 터져 복막염이 되기 전에 한시라도 빨리 수술을 해야 되며, 급성 신장염, 혹은 담낭염 등 각종 염증으로 패혈증이 임박한 환자에게는 한시 바삐 항생제를 투여해야 경과가 좋다. 쇼크에 빠진 사람에게 수액은 그야말로 생명 줄이다.

적절한 시기에 치료해야 되는 경우가 급성질환에만 국한되는 것은 아니다. 만성질환이라도 인슐린 치료나 투석을 늦기 전에 시작해야 하니 시기가 중요한 것은 마찬가지이다.

증상이 심상치 않아 사전 약속 없이 진료실을 찾는 환자들 중 진찰 후 급작스럽게 입원을 권고 받는 경우가 종종 있다. 환자들 대부분이 처음에는 거절하지만 의사의 반복되는 설명과 강경한 태도에 어정쩡 하게 동의를 하게 된다.

"생명에 지장이 있을 수 있는 상황입니다. 지금 병원 입원실로 직행 하시기 바랍니다."라고 하면 "네! 알겠습니다."라고 대답은 하면서도 선뜻 나서지 않는 환자들이 있다. 무슨 아쉬움이 남는지, "가긴 가는데, 집에 가서 하던 일 정리해 놓고, 옷이며 준비물 챙겨가지고 입원실로 가겠습니다."한다. '설마?'로 생각하는 건지, 아니면 무엇이 더 중요한지 그 순간 파악이 안 되는 것인지 의사로서는 답답하기만 하다.

인생 여정에서 때를 잘 파악하고 있는 사람을 최근에 만났다. 얼마 전 인도네시아에 의료봉사를 갔을 때 통역할 사람이 부족하여 우리는 쩔쩔매고 있었다. 어려운 상황에서 솟는 진땀이 열대기후로 흐르는 땀과 범벅이 되었다. 때마침 한국국제협력단(KOICA) 소속 봉사단원 으로 인도네시아에 오신 분의 도움을 받게 되었다.

KOICA는 1991년 세워진, 대한민국 외교통상부 산하 기관으로 개 발도상국를 도와주는 기관이다. 근래에 와서 활동이 왕성해져 세계 39개국에 1,573명이 파견되어 있다. 단원들은 여러 분야에 걸쳐 봉 사하고 기술을 전수하며, 학교설립 등 현장 사업도 추진하고 있다.

원조기금도 꾸준히 증가하여 2009년 기준으로 2억 79만 달러가 넘는다고 한다. 우리에게 도움을 준 단원은 나와 동년배인 배현돈 씨로 고급 컴퓨터 기술자였다. 국제적으로 이름난 기업에서 30년간 근무하다가 조기은퇴를 하고 인생을 돌아보니 자신과 가족만을 위해 열심히 일한 것이 전부였다. 은퇴 후에는 더 넓게 이웃과 사회를 위해 직접 헌신해야겠다는 깨달음이 생겼다.

그는 깨달음에서 멈추지 않고 실행으로 옮겨 KOICA의 일원으로 인도네시아에서 봉사를 시작했고, 언어훈련을 거쳐, 지금은 인도네시아 정부 관리들에게 컴퓨터 교육을 시키고 있었다. 그는 기술뿐 아니라 불평등, 가난, 절망에 찌든 사람들에게 자신이 역경을 이겨냈던 경험담을 전하며 희망과 도전을 던져주고 있었다. 그는 인생의 참 기쁨은 남을 섬길 때 온다는 것을 직접 경험하는 자랑스런 한국인이었다.

짧은 기간이었지만, 더운 날씨에도 불구하고 매 순간순간, 정성을 다해 기쁨으로 우리 의료팀을 돕고, 마을 사람들을 사랑으로 대하는 그의 모습을 보며 우리 대원 모두 큰 감명을 받았고 각자 자신을 돌아보며 분발하는 계기가 되었다.

한국이 KOICA란 단체를 통해 세계 도처에서 봉사한다는 사실에 놀라고 감격했다. 도움을 받던 나라에서 불과 몇 십 년 만에 다른 나라를 돕는 나라가 되었다는 것이 감격스럽고, 그런 때임을 깨닫는 사람이 많다는 사실이 기쁘고 자랑스러웠다.

섬길 때를 아는 KOICA 단원들에게 진심으로 감사와 존경을 보낸다.

용수나무가 나이 들어갈 때

　진료실 건물 뒤쪽으로 용수나무(뽕나무 과)가 주차장 가장자리에 나란히 줄을 지어 서있다. 십 수 년 전 이곳으로 올 때만 해도 아담한 크기였던 용수나무들이 이제는 건물의 3층 높이까지 올라오는 것 같다. 창문을 통해 보이는 푸르른 잎들은 피로한 눈을 시원하게 씻어주고 분주한 마음도 맑혀준다.

　이사 온 지 몇 해 후에는 용수나무가 훌쩍 자라 여름이면 그 그늘 밑은 주차하기도 좋고 커피를 마시며 담소하기에도 시원한 쉼터가 되었다. 새로 이사 들어온 의사들과 나무 그늘 밑에서 테이블을 펴고 간단한 야외 파티를 열기도 하였다. 이래저래 용수나무 밑을 찾는 사람들이 꽤 있었다.

　세월이 갈수록 용수나무도 더 커졌는데 어느 날부터인가 문득 사람들이 나무 그늘 밑에 모이지도 않았고 자동차 주차도 피한다는 사실을 알게 되었다. 나무에서 떨어지는 붉은 열매와 송진, 나무에 모여드는 새의 배설물들이 차에 떨어져서 나도 신경이 쓰이던 터였기에 다른 이들의 마음을 짐작할 수 있었다. 한여름 나무 그늘 파티도 사라졌다.

이제 나무 밑에는 드문드문 서 있는 차들과 용수나무에서 떨어진 지저분한 꽃과 열매들이 겨울비에 젖어 더 쓸쓸해 보일 뿐이다. 그 나무 밑을 한 노부부가 걸어가는데 나이 든 나무의 모습과 닮아 보인다.

저분들도 태어나서 엄마의 손을 잡고 아장아장 걸었던 봄날이 있었을 것이고, 자유와 사랑의 갈망으로 뜨거웠던 젊은 날들이 있었을 것이며 성공을 향해 뛰었던 수많은 날들이 있었을 것이다. 성공의 정점에 올랐을 때는 많은 사람들이 찾아와 칭찬과 부러움의 말들을 쏟아냈을 것이다. 자식들을 다 키워 내보내고 홀가분함과 자유로움이 몰려들 때면 어김없이 함께 찾아오는 외로움과 노쇠함, 그것을 어쩔 수 없이 받아들여야 하는 안타까운 현실이 차가운 겨울바람이 되어 온몸을 감싼다.

육체적인 노쇠현상 가운데 기억력의 감퇴는 필연적이다. 조금더 심해지면 '치매'라고 분류되는 이 현상은 정상적인 지적능력을 유지하던 사람이 다양한 원인으로 인해 뇌기능이 저하되면서 기억력, 언어능력, 판단력, 사고력 등이 감퇴해 일상생활에 지장을 받는 상태이다.

60대 중반에는 5~10% 정도가 치매이며, 80세 이상이 되면 30~40%에 이른다. 원인으로는 알츠하이머병, 성인병, 동맥경화로 인한 치매, 우울증, 알코올, 갑상선 질환, 비타민 결핍, 감염 등이 있다. 처음에는 이름, 날짜, 장소와 같은 것들을 기억하기 힘들고, 심해지면 요리하는 것이나 신을 신는 등의 일상적 활동도 잊게 된다.

잊어버리는 것들의 순서를 관찰해 보면 오래되거나 어릴 적의 일들은 기억되고 나이가 들어가면서 후천적으로 배운 가장 최근 일부터 잊게 된다. 마치 양파껍질과 같이 가장 바깥쪽에 있는 것부터 벗겨져 나가는 것 같다.

치매가 심해져 후천적으로 습득한 지적능력과 교양들이 없어지면 그 사람의 심성과 평소의 생각 그리고 살면서 받았던 충격이 여과 없이 드러난다. 젊어서 전쟁에 시달렸던 분들은 공포와 관련된 이야기를, 배우자의 부정으로 고통받았던 분들은 그런 의심을 계속하며 자연스럽지 못한 모습을 보인다. 교육 수준이 높은 분들 중에서도 심하게 욕을 하거나 상대를 향하여 폭력을 행하시는 분들도 있다. 반면 항상 웃으면서 무의식적으로 감사하다는 말을 연발하시는 분들도 많이 있다.

여러 진면목이 포장 없이 그대로 드러나는 모습을 보며 나는 겁이 덜컥 났다. 나를 덮고 가려주던 것이 다 날아가고 없을 때 나는 과연 어떤 모습으로 드러날 것인가.

그래서 결심을 한다. 지금부터라도 항상 웃고, 감사의 말을 생각하자. 금방 없어져 버릴 사소한 것들은 버리고 영원한 가치에 집중하자. 나쁜 말과 찡그린 표정은 아예 내 머릿속에 남지 않도록 쫓아버리자. 아름다운 생각으로 노년의 삶을 가꾸어 고목이 되어서도 사람들에게 즐거움을 주는 나무로 남을 수 있다면….

치매를 예방하고 대비하는 것도 중요하지만 우선 착각부터 버려야 하겠다. "나는 언제나 젊고 건강하게 살 것이며 치매는 다른 사람, 나이 든 사람에게만 일어난다."는 착각에서 벗어나야 인생을 현명하게 살 수 있지 않을까.

우리가 먹는 것이 곧 우리 자신

　의학의 아버지 히포크라테스는 "우리가 먹는 것이 곧 우리 자신이 된다. 음식은 약이 되기도 하고 독이 되기도 한다."라고 했다. 환자가 급성 질병으로 병원에 입원하면 여러 검사가 진행되는 동안 금식을 하는 경우가 많다. 그동안에도 수액이나 영양제를 주사하지만 입으로 먹는 영양섭취 만큼 좋은 것은 없다. 치료와 회복을 위해 검사에 치중하느라 식사가 소홀해지는 것은 아이러니가 아닐 수 없다.

　우리 몸이 살아있으려면 에너지를 외부로부터 섭취해야 한다. 식물과 동물로부터 에너지를 섭취하는 과정은 우리 삶의 일부이다. 생각해볼수록 인간이 외부에서 에너지를 받아들여 살아간다는 것은 기적이다.

　공기와 햇빛을 재료로 광합성을 통해서 만들어진 식물과 그 식물을 먹고 자란 동물들을 우리는 입으로 섭취한다. 그 음식은 식도를 거쳐 위로 들어가서 반죽이 된다. 빵이나 밥 같은 탄수화물은 위에서

장으로 가는데 3시간, 기름기 많은 음식은 6시간정도 걸린다.

소장에서 음식물이 흡수되는 데는 4~5시간 소요되고 나머지는 대장으로 보내져 수분이 흡수된 후 몸 밖으로 배출된다. 영양분이 흡수되는 소장은 몸에서 가장 긴 장기로 6~7m 정도의 관모양인데 흡수를 돕기 위해 내부 표면이 무수한 돌기 모양의 융모로 되어있다. 융모의 표면을 펼쳐보면 약 60평 정도라고 한다. 음식물이 융기들을 서서히 통과할 때 흡수가 잘된다.

흡수된 영양분은 혈관으로 운반되고 혈액을 통해 몸 전체 장기로 전달된다. 혈액에서부터 인슐린에 의해 장기 안으로 운반된 포도당과 다른 영양분은 세포 안으로 전달, 대사되어 ATP라는 물질 안에 에너지로 축적된다. 필요에 따라 그 에너지가 방출되면서 우리의 몸은 움직이고, 숨 쉬고, 심장이 박동하며 각종 장기가 활동한다.

건강하기 위해서는 소화가 잘되는 양질의 음식을 적당히 섭취하고 질병에 따라 식사를 조절해야 한다. 당뇨 환자는 탄수화물(밥, 빵, 국수 등)을 대폭 줄이고 야채, 생선, 단백한 살코기, 두부, 계란흰자 등을 많이 먹어야 한다. 콩팥이 나쁜 환자는 고기를 줄이고 야채와 생선을 많이 섭취하는 것이 좋다.

좋은 음식을 맛있게 먹으려는 인간의 노력은 인류 역사의 큰 부분을 차지한다. 여러 나라의 음식을 유심히 살펴보면 재료나 양념은 다르더라도 비슷한 형태의 음식이 많음을 알게 된다. 만두 형태의 음식은 어느 곳에든지 있다. 한국과 중국의 만두, 이탈리아의 라비올리, 멕시코의 브리또나 타코가 그런 모양이다.

밀가루 개떡 형태의 음식도 어디를 가나 볼 수 있다. 밀가루 떡 위에 치즈, 토마토 소스, 각종 야채나 페퍼로니 등이 올라간 것이 피자이다. 밀가루 떡으로 오리고기나 고기 등을 싸서 먹는 나라도 많다.

많은 사람들이 좋아하는 국수는 어느 나라든지 다 있다. 한국의 가느다란 장터국수가 이탈리아의 엔젤헤어 파스타, 넓적한 칼국수는 이탈리아의 페투치니, 굵은 막국수는 스파게티가 아니던가.

국물을 좋아하는 내가 어느 나라를 가도 버틸 수 있는 것은 스프 종류 덕이다. 국물을 내고 각종 재료를 넣고 푹 끓이면 요리도 쉽고 맛도 여러 가지로 난다. 미국의 치킨누들 스프는 감기 걸리거나 설사가 나면 꼭 먹으라는 메뉴인데 우리나라 영계백숙에 콩나물국을 합쳐놓은 느낌이다.

클램차우더는 우리나라 전복죽에서 배워가지 않았을까. 양파로 스프를 만든 프랑스 사람들의 창의력은 알아주어야 할 것 같다. 헝가리 등 동유럽에서 아주 잘 먹는 굴라쉬 스프는 우리나라 육개장 맛과 거의 똑같다. 얼큰한 맛이 고향의 맛이었다. 13세기 몽고족의 헝가리 침략 때 그 스프를 우리나라에서 가져간 것이 아닌지 상상해 보기도 한다.

나도 김치와 된장찌개를 좋아하지만 우리 음식이 세계 각국에서 인기를 얻기 위해서는 더 발전되어야 할 것 같다. 다양한 민족들과 더불어 살아가는 오늘날 각 나라의 좋은 음식과 조리법을 배우는 것은 그들을 이해하는 길이 된다. 동시에 우리의 식생활 개선에도 큰 도움이 될 기회라 여겨진다. 우리가 먹는 것이 곧 우리 자신이 되고, 국력이 된다.

계절이 바뀔 때

불볕더위가 한풀 꺾이는 듯하다. 세월은 쏜살같아 곧 계절이 바뀔 것이다. 계절이 바뀔 때 '철이 바뀌었다'고 한다. 그런가 하면 사람이 '철들어 간다' 라는 말도 있다. 계절이 바뀌어 나이가 들어감을 깨닫고 연륜에 걸맞게 생각하고 행동하는 것을 말함일 것이다.

행동의 많은 부분은 말하는 것으로 나타난다. 침묵은 금이라지만 말이 없으면 무뚝뚝한 사람처럼 보이기도 한다. 때에 맞는 적절한 말은 소금과 같다.

지난날을 돌이켜 보면 잘한 말보다는 하지 말았어야 할 말들이 떠올라 후회할 때가 많다. 주위에 말을 참 잘하는 분들이 있는데 이들을 깊이 관찰하며 많은 것을 배운다.

그들 중에는 인사를 잘하는 사람들이 있는데 미셀이 그중 한명이다. 간단하지만 기분 좋은 인사말은 힘이 나게 한다. "좋은 아침입니다!"라는 인사를 들으면 그 한마디가 여러 잡념에서 깨어나게 한다.

그래서 나도 "좋은 아침입니다. 오늘 좋아 보이십니다."라고 하든가, 때로 "하나님이 축복하시기를…" 하고 인사를 하면 상대방의 굳어 있던 얼굴이 환하게 펴지고 나도 기분이 좋아짐을 느낀다.

나는 상대방의 이야기를 참을성 있게 듣지 못해서 실수를 많이 한다. 아내가 뭔가 이야기를 꺼내면 "아, 그것은…" 하는 말부터 튀어나오는데, 거의 대부분 아내는 "내가 하려던 말은 그게 아니었는데…" 한다.

같은 병원에서 일하는 간호사 로렌스는 상대방의 이야기를 충실하게 들어준다. 부드러운 시선으로 쳐다보면서 이야기에 집중한다. 중간 중간에 "예, 그러시군요."라고 화답을 함으로써 상대방의 이야기를 잘 듣고 있다는 것을 확인시켜 준다. 그리고 가끔은 간단한 질문을 한다. 그의 질문을 들으면 "내 말을 확실하게 이해했군." 하고 생각하게 된다.

우리 사무실에서 오래 일하고 있는 매니저 조이스는 어떤 상황에서도 낮은 톤으로 조용히 이야기한다. 누군가 "선생님, 문제가 생겼는데요." 하면 나는 큰 목소리에 하이 톤이 되지만 그녀는 낮은 목소리를 잘 유지한다. 조이스가 천천히 차근차근 이야기를 하면 흥분하던 상대방도 마음이 가라앉아 사태를 더 잘 이해하곤 한다.

종종 어려운 일을 부탁받아도 그녀는 절대로 "안 돼요!"라고 말하지 않는다. 매니저답게 "알아보겠습니다." 혹은 "노력해 보죠."라고 한다.

의사가 환자를 치료하다 보면 병을 고쳐야겠다는 생각이 앞서 환자의 잘못된 건강관리를 우선 지적하게 된다. 많은 경우 환자의 기분만 상하게 하고 효과는 없었을 것이란 생각이 든다. 오히려 잘한 부분을 칭찬하고 성공한 다른 사례들을 예로 들었을 때 더 효과적이었다.

노부부는 대개 병원에 같이 오신다. 예를 들어 부인이 먼저 진찰을 받으면 옆에 계신 남편이 나에게 고자질을 한다.

"이 사람은 운동을 전혀 안 하고, 처방약도 잘 안 먹습니다. 따끔하게 야단 좀 쳐주세요." 이어 남편의 진찰이 시작되면 이번에는 부인이 기다렸다는 듯이 나에게 이야기한다.

"이이는 음식을 조절하지 않고 좋지 않은 것을 너무 먹어요. 운동도 말이 운동이지…. 그러니 당뇨가 잡히겠어요?"

다음 번, 그 다음 번 진찰 때도 부부의 이야기는 똑같이 반복된다. 누군가 잘못을 지적해 준다고 해서 그걸 받아들이고 고치는 것은 쉽지 않다.

그런데 건강관리를 잘하는 분들의 대화는 내용이 다르다.

"제가 아내를 데리고 나가 매일 한 시간씩 걷습니다."라고 남편이 말하면, 부인은 "제가 매일 아침 과일 야채즙을 갈아서 둘이 한 잔씩 나눕니다." 한다. 행동으로 보여주는 것이다.

아무리 관심을 표현해도 행동이 따르지 않으면 그 말은 철이 안든 잔소리가 된다. 행동은 따뜻하고 말은 사려 깊어지라고, 그래서 철이 들라고, 계절은 바뀌는가 보다.

계획된 세포의 죽음

날씨는 추워지고 단풍나무의 마지막 잎새가 떨어진다. 잎새는 왜 떨어져야만 하는가.

60대 초반인 집안의 어른은 얼마 전부터 빨리 걷거나 구부리고 무거운 것을 좀 들면 가슴이 답답하다고 하셨다. 소다수를 마시면 조금 나아지고 해서 소화불량이나 위산 역류로 생각하셨다고 한다. 그리고 다른 증상으로 심장이 가끔 불규칙하게 뛰어 가슴이 덜컹 내려앉는 느낌이 있다는 것이었다.

협심증일 가능성이 높으니 심장 전문의를 만날 것을 그분에게 권유하였다. 얼마 후 심장검사 결과 관상동맥이 심하게 좁아져서 혈관 확장술로는 안 되고 다리의 혈관을 가져다 심장혈관에 심어주는 수술을 해야 된다는 연락을 받았다.

심장은 온몸에 피를 공급해 주는 엔진과 같은 역할을 하지만 심장 자체도 관상동맥을 통해 피를 공급받아야 한다. 혈압, 당뇨, 고지혈

증, 스트레스 등으로 인해 관상동맥이 좁아지면 산소 공급이 부족하게 된다. 산소 부족 현상은 가슴이 조이는 느낌, 즉 협심증이나 소화 불량 증상으로 나타난다.

산소가 부족할 때 심장에 불규칙한 박동이 생기기도 하여 어지럼증이나 졸도 현상으로 나타나는 경우도 있다. 만약에 관상동맥의 좁은 부분을 빨리 넓혀주지 않으면 심장의 근육은 산소와 영양분의 부족으로 '괴사'되는 죽음에 이른다.

심장의 혈관만 좁아지는 것이 아니다. 온몸의 어느 혈관이든 마찬가지다. 콩팥으로 가는 혈관이 좁아질 경우에는 신장병이 생기거나 고혈압이 생기기도 하는데 이렇게 생기는 고혈압은 약으로 좀처럼 잡히지 않는다. 만약 약을 많이 쓰는데도 고혈압이 잡히지 않는다면 신장혈관이 좁아져 있는지 꼭 검사를 해야 한다. 역시 혈관 확장술로 고칠 수 있다. 막힌 곳을 뚫어 피를 흘려보내야 심장과 콩팥은 기능이 유지되며 부정맥은 규칙적으로, 고혈압은 안정적으로 된다. 사람의 몸은 혈액을 통해 산소와 영양분이 원활하게 공급될 때 생명을 유지할 수 있다.

생명이 있는 곳에는 항상 질서가 있음을 볼 수 있다. 나는 우리의 삶이란 "무질서와 파괴에 의연히 대처하는 과정"이라고 본다.

최근 연구로 세포에는 외부적인 충격에 의해 파괴되는 것과는 다른 형태의 죽음이 있다는 것이 밝혀졌다.

아폽토시스(Apoptosis)라고 불리는 자발적 죽음, 계획된 세포의 죽음(programmed cell death)이라고도 불리는 과정이다. 이 과정은 유전자 안에 있는 정보에 의해서 비정상이며 손상된 세포, 노화된 세포가 스스로 사멸함으로써 암의 발생을 막으며 전체적인 신체 건강을 유지해 주는 과정이다.

또한 태아의 초기에 손과 발은 주걱 모양으로 발가락이나 손가락 사이가 벌어지지 않고 있다가 후기에 그 사이에 해당되는 부분에 있던 세포가 계획된 죽음으로 사라져 버림으로써 손가락이나 발가락의 형태가 생긴다. 이 계획된 세포의 죽음은 자신은 죽고 몸 전체를 발전시키거나 살리는 죽음이다.

몸을 위해서 필요한 경우 세포가 스스로 죽어가기로 계획이 됐다는 것은 우리가 살아가는 과정이 우연이 아닌 계획에 의한 것임을 알려준다.

우리 모두는 놀라운 계획을 가지고 이 땅에 태어났다. 사랑을 나누고 서로 위로하고, 우리 내면과 자연 속에 숨겨진 경이로운 아름다움을 누리도록 계획되었다고 믿는다. 우리 속에 있는 욕심과 죄 때문에 깨어진 아름다운 계획을 회복하는 일은 쉽지는 않지만 즐거움이리라.

성탄절에 예수 그리스도가 이 땅에 오신 이유를 생각해 본다. 막힌 담을 허시고 소망의 빛을 주시며 생명을 흘려보내기 위해서 계획된 희생으로 우리에게 다가오신 그분의 깊고 큰 사랑에 감사드리지 않을 수 없다.

또 새해를 맞이하며 나는 어떻게 살아가며 정해진 때 어떻게 사라져 가야 하는가를 생각해 본다. 나무를 살리기 위해 떨어진 단풍잎을 책갈피에 간직한다. 봄에 새롭게 태어날 새싹을 생각하며….

생각의 경화 현상

얼마 전 동계 올림픽을 보면서 선수들의 경기하는 모습에 경이로움을 느꼈다. 모든 종목 선수들의 동작에서 스피드와 균형이 다 중요함을 보았다. 가파른 언덕을 굽이굽이 내려가는 스키 선수, 하늘을 새처럼 반듯이 날으는 스키 점퍼, 칼날 하나에 온 몸무게를 싣고 코너를 돌아가는 스피드 스케이터, 한 발로 서 있기도 힘든 빙판을 뱅뱅 돌면서도 쓰러지지 않는 나비 같은 피켜 스케이팅 선수들….

수년간 온몸으로 피땀 흘려 이루어낸 그들의 아름다운 몸짓에 감탄하며 찬사를 보낸다. 온몸의 기관과 신경이 서로 연결되어 움직이는 인체의 유연성과 평형감각에 다시 한 번 놀란다.

사람들의 평형감각은 귀의 안쪽(내이)에 있는 전정기관과 세반 고리 관에서 이루어진다. 전정기관은 위치를 감각한다. 림프액이 들어있는 3개의 반 고리관은 서로 직각을 이루어 몸이 어느 방향으로 회전하더라도 관 속에 있는 림프가 회전 방향을 감지해 평형을 유지한다.

속귀의 문제로 발생하는 어지럼증은 대부분 별 전조증상 없이 빙글빙글 돌며 어지러우며 심한 경우 구토 증세를 동반한다.

귓속의 평형기관과 연결되어 평형을 조절하는 뇌는 소뇌이다. 소뇌에 이상이 생기면 기본 운동조절기능 자체를 잃고 평형감각이 무너진다. 따라서 자주 넘어지게 되며, 팔다리에 마비가 생기기도 하고, 혀를 움직이는 것이 힘들게 되고 체온조절이 되지 않아 땀을 많이 흘리기도 한다.

나이가 들수록 자세를 급하게 바꿀 때 눈앞이 깜깜해지면서 어지러움 증이 생기는 경우가 많은데 이런 현상을 기립성 저혈압이라 한다. 앉았거나 누워 있을 때는 뇌로 혈액이 잘 공급되다가 빨리 일어날 경우, 혈액공급이 순간적으로 부족해서 생기는 증세이다. 동맥경화로 인해 탄력이 떨어진 혈관이 즉각적으로 수축을 못해 주기 때문이다.

그러나 시간이 조금 경과하여 혈관이 수축하기 시작하고 다시 뇌로 혈액이 정상적으로 공급되면 어지러움 증이 스르르 사라진다. 이런 분들의 혈관은 콜레스테롤, 당뇨, 고혈압, 운동 부족 등에 의한 동맥경화증으로 탄력성이 떨어져있다.

기립성 저혈압은 동맥경화를 일으키는 원인을 잘 조절해 주고, 운동을 많이 하여 동맥의 탄력을 증진시켜 주면 좋아질 수 있다.

나이가 들수록 혈관뿐 아니라 생각에도 탄력성이나 유연성을 잃는 경화 현상이 오는 것을 본다. 생각의 폭이 좁아지며 자기주장이 강해지고 상대방의 좋은 의견을 받아들이는 유연성이 떨어진다.

이런 현상은 일상 대화에서도 볼 수 있고, 여러 사람들이 모이는 회의에서 더 뚜렷이 나타난다. 회의에 참석해 보면 유독 발언을 많이 하며 본인의 주장을 반드시 관철시키려는 사람들이 있다. 나 역시 그렇게 되는 경우가 많았음을 시인하지 않을 수 없다.

이런 경우 다른 사람들이 자기 말을 못 알아들었을 것이라는 생각에 보충 설명하기를 반복한다. 그래서 다른 사람들이 말할 기회를 막아 버린다.

이런 생각의 경화 현상을 줄일 수 있는 방법이 없을까? 나는 이를 위해서 일단 모든 회의에 임할 때 보석 3개를 가지고 있는 것으로 생각하기로 했다. 내가 발언할 때마다 보석 한 개씩을 써야 한다. 보석을 다 써버리면 더 이상 발언을 할 수 없다. 회의가 다 끝나도 보석이 손에 남아 있으면 나는 보석을 얻는 동시에 스스로에게도 승리하는 것이다. 따라서 보석을 내놓고 발언을 할 가치가 있는가를 생각해야 한다. 혹 감정에 들떠서 보석을 빨리 써버리는 경우에는 보물도 잃고 발언권은 없어지고 내 자신에게도 지는 것이다.

그런데 놀랍게도 내가 보석을 다 쓰지 않아도 회의가 잘 마무리되는 경우가 많았다. 내가 말을 많이 안 해도 회의가 잘 끝난다는 사실이 조금은 기분 나빴지만 내 자신과의 게임에서 승리하였고 생각의 동맥경화가 더 심화되는 것 같지 않아 스스로에게 위로를 받았다.

나는 다음의 글을 생각하며 생각의 경화 현상을 예방하는 운동을 한다. '사람은 누구에게서나 배운다. 부족한 사람에게서는 부족함을, 넘치는 사람에게서는 넘침을 배운다.'

헐렁한 바지를 입는 사람들

우리 모두가 개인의 삶과 사회의 노폐물을 잘 걸러내어 다른 사람들이 잘 살아갈 수 있도록 도와주는 존재가 될 수 있으면 얼마나 좋을까? 우리 모두 각종 호르몬과 같은 활력소를 내어 우리 모두의 삶을 윤택하게 하는 존재가 될 수 있다면…. 나무와 산이 잘 어우러지듯, 콩팥 안에 있는 혈관, 사구체, 요관이 잘 조화를 이루듯, 우리 사회의 여러 구성원들과 잘 조화를 이루어 더불어 돕고 사는 존재가 될 수가 있다면….

콩팥 같은 인생

"귀한 것은 값이 없다"는 말이 있다. 물, 공기, 햇빛, 비….

의식하지 않는 것 중에서 값으로 따질 수 없이 귀한 것들이 많다는 것을 살아갈수록 느낀다. 또 눈에 잘 안 띄는 것들 중에 중요한 것들이 많음을 알게 된다. 자연 속에서, 사회 속에서.

아주 중요하지만 밖으로는 안 보이거나 대화에 많이 오르지 않는 우리 몸의 장기 중에서 특히 콩팥이 그렇지 않나 생각이 든다. 그 콩팥이 더 알고 싶어서 나는 신장내과 의사가 되었다.

대부분의 사람은 콩팥을 두 개 가지고 있다. 요추 상부 정도의 높이에 몸 뒤쪽으로 기다랗게, 그러나 약간 비스듬한 각도로 놓여 져 있어 걸러진 소변이 잘 모아지게 되어 있다. 주먹만 한 것이 콩같이 생겨 '키드니 반'이란 말이 나왔다. 복부 대동맥에서 콩팥으로 들어가는 굵은 혈관이 점차 가는 혈관으로 나눠지게 된다. 그리고 그 잔가지들의 끝에는 작은 실타래와 같은 사구체가 수없이 놓여 있다. 마치 많은 실타래를 달고 있는 큰 고목나무를 연상하면 된다. 피를 거르는 가장 최소단위인 사구체는 가느다란 실핏줄을 실타래로 돌돌 말아 놓은 것 같다. 사구체는 한쪽 콩팥 안에 약 백만 개씩이나 있다.

피를 깨끗하게 하기 위해 매 1분에 양쪽 콩팥을 합쳐 1000cc의 피가 콩팥을 지나간다. 사구체로부터 걸러진 소변이 모여서 점점 더 큰 관으로 합쳐져 나오는 모양은 마치 깊은 산속에서 시작된 옹달샘이 한 줄기의 물로 모이고 점차 개울을 이루어 개천과 강이 되어 바다로 나오는 모양을 연상케 한다. 나무와 산이 아름다운 조화를 이루고 있듯이 혈관과 사구체, 요관은 잘 어우러져 우리 몸에서 눈에 띄지는 않지만 중요한 일을 해내고 있다. 콩팥은 피를 깨끗하게 하는 역할 외에도 몸에 필요한 여러 호르몬을 분비하여 피를 만드는 골수를 도우며 뼈를 튼튼하게 해준다.

내가 만난 사람들 중에 눈에 안 띄면서 중요한 일을 하는 콩팥 같은 사람들을 생각해 본다. 10여 년간 매일 새벽 5시만 되면 갱들이 만들어 놓은 낙서를 지우시는 은퇴하신 미국 아저씨, 가난한 유학생들에게 금요일마다 밥해 먹이시는 할머니, 아프신 분들을 무료로 병원에 태워다 주시는 아주머니, 도박에 찌든 사람들을 선도하시는 목사님, 깨어진 가정을 상담해 주시는 분들, 적지만 꾸준한 정성을 가난한 나라 아이들에게 보내시는 평범한 주부, 거리의 사람들에게 매일 음식을 먹이며 선도하시는 분, 빠듯한 살림에도 어린 자녀들을 잘 교육시키는 평범하지만 위대한 엄마들, 이름도 밝히지 않고 가난한 학생들을 위해 장학금을 즐겁게 기부하시는 기업가 등…. 정말 사구체만큼이나 많은 콩팥 같은 분들을 떠올리면 차가웠던 가슴에 훈훈한 피가 돈다.

또 콩팥이 나빠져 혈액을 투석하는 불편을 감내하면서도 웃음을 잃지 않고 열심히 살아가는 분들이 있다. 직접 돌보아 드리는 투석 환자들 앞에서 나는 숙연해진다. 미국에는 그런 분들이 대략 40만 명이 있다. 또 그들에게 자신의 콩팥 하나를 기꺼이 기증하는 사람들을 생각하면 우리 사회가 그래도 돌아가는 이유를 알 것 같다.

우리 모두 개인의 삶과 사회의 노폐물을 열심히 걸러내어 다른 사람들이 잘 살아갈 수 있도록 도와주는 존재가 될 수 있으면 얼마나 좋을까? 각종 호르몬과 같은 활력소를 내어 우리의 삶을 윤택하게 하는 존재가 될 수 있다면…. 나무와 산이 어우러지듯, 콩팥 안에 있는 혈관, 사구체, 요관이 조화를 이루듯, 우리 사회의 여러 구성원들과 조화를 이루어 더불어 돕고 사는 존재가 될 수가 있다면…. 조물주의 걸작품 중에서 눈에 안 띄지만 중요한 부분이 되기를 갈망한다.

고통 속에 희망

우울증도 많고 자살도 많은 요즘 "왜 살아야 합니까?"라고 질문을 던지는 환자들이 종종 있다.

수많은 사람들이 죽어간 독일 나치수용소에서 살아남은 한 정신과 의사는 "삶의 의미가 진실로 존재한다는 확신을 잃은 적이 없었다."고 고백했다. 삶의 의미를 확신하는 사람은 고통 속에서도 희망을 바라보며 살 수 있다.

사람이 어릴 때는 자기 자신만을 위하여 하고 싶은 것이 많다가 점차 나이를 먹고 생각이 깊어질수록 자신의 존재 의미나 삶의 이유에 더 많은 비중을 두게 되는 것 같다.

'네 이웃을 내 몸과 같이 사랑'할 수 있는 마음이 있다면 우리는 살 이유가 넉넉히 있다. 사람은 도움을 받을 때보다 도움을 줄 때 더욱 자신의 존재 의미를 느끼게 된다고 한다. 이웃에 대한 사랑의 표현도 여러 가지 방법이 있겠으나 나는 직업상 몸의 일부인 콩팥을 신장병 환자에게 기증하는 사람들을 보았다. 배우자, 친구, 신앙 공동체에서 만난 친구 등.

그중에서도 유난히 잊혀 지지 않는 사건이 있다. 주는 마음과 위로하는 마음이 특별히 가슴에 남았던 케이스였다. 뉴욕에서 신장이식 수련의 과정을 하고 있을 때였다. 연휴에 당직을 하고 있었는데 갑작스런 사고로 돌아가신 분에게서 콩팥이 하나 기증되었다는 소식이 왔다.

기증된 콩팥과 혈액형, 조직이 가장 잘 맞는 환자를 고르다 보니 2명이 나왔다. 교수님은 시간이 촉박하니 두 환자를 동시에 병원으로 불러서 마지막으로 혈액 항체검사를 하여 더욱 잘 맞는 사람에게 이식하라고 했다. 지시대로 두 환자를 불러서 각기 다른 곳에 대기시켜 놓고 마지막 검사 결과를 기다리게 하였다.

시간이 흘러 마지막 검사 결과가 나오고 한 분이 선택되었다. 이 소식을 누구에게 먼저 전한단 말인가? 모두 몇 년씩이나 대기자 명단에 이름을 올려놓고 기다렸던 분들인데…. 우선 선택된 환자에게 먼저 갔다.

"축하드립니다. 곧 바로 수술하시게 됩니다."

환자와 가족들의 기쁨의 환호성이 울렸다. 모두 얼싸안고 축하를 했다.

다음은 탈락된 환자에게로 갈 차례였다. 멀지 않은 곳에 있던 대기실로 가는 발걸음이 너무도 무거웠다. 다리가 고무다리같이 흐느적거렸다. '병들고 힘든 사람의 소망을 이렇게 잔인하게 뺏어야 하나.'

싶었다.

"환자가 가난해 보였는데, 여기서도 소외되어야 하는가? 나는 무슨 난리를 만날까?" 걸어가는 내내 병원 복도가 절망의 터널처럼 느껴졌다. 겨우 그곳에 도착하여 문을 열고 들어서는데 맞은편 창문으로 비치는 맨해튼 강변의 불빛도 날씨가 추운 탓인지 파랗게 보였다. 한동안 내가 표정이 굳어진 채 말을 못 꺼내고 있었나 보다. 눈치를 챈 환자가 나에게 다가왔다.

"닥터 김, 나는 더 기다릴 수 있어요. 나보다 더 급한 사람이 콩팥을 받게 되어 기뻐요."

"그래요 닥터 김. 힘을 내서 다른 사람 치료를 잘해 주세요."

환자의 부모들이 나를 포옹해 주셨다. 몹시 추웠던 밤, 병원의 공기가 따뜻하게 느껴졌다. 병원 창밖으로 보이는 맨해튼 강가의 불빛이 눈물 때문에 몹시도 아름답게 흔들리고 있었다.

바뀌어버린 순번, 예상치 못했던 은혜

이번 여름, 과테말라에 의료봉사 차 다녀왔다.

'영원한 봄의 나라'라는 애칭을 가진 과테말라는 중미에 있는 마야 문명의 심장부이다.

찬란했던 고대 마야문명은 1524년 무적 스페인의 침략을 받았다. 스페인은 과테말라를 식민지 삼고 1543년 안티구아라는 도시에 총독부를 설치하였다. 그 당시 포장된 돌길이 오늘날도 사용되고 있으니 당시의 대역사 때문에 얼마나 많은 사람들이 가혹한 노동에 시달렸을지 짐작이 간다.

근대의 잔인한 혼혈 식민통치와 현대사의 계급 갈등, 유혈 내전은 국민들 가슴에 피멍이 들게 하였을 뿐만 아니라 그들을 지독한 가난으로 내몰았다. 그래서인지 아니면 고대 마야의 태양신에게 심장을 찔려 바쳐졌던 젊은이들에 대한 회한 때문인지 과테말라를 상징하는 새 '께찰'의 가슴에는 붉은색 점이 있다.

우리 봉사 팀은 안티구아에서 더 깊이 들어가는 마을을 돌면서 의료, 미용, 사역의 시간을 가졌다. 우리가 우월하여 무엇을 나누어준다는 생각을 하지 않으려고 노력했고 그들의 문화를 배우며 고통을 같이 나누기를 힘썼다.

의료진이 왔다는 소식이 알려지자 순식간에 온 동네 사람들이 모여들었다. 의료팀은 혈압과 당뇨를 검사하고 간단한 진료 후 약을 나누어 주었다. 물론 건강 상담과 교육도 빼놓지 않았다.

단순히 비타민이나 구충제를 얻으러 오는 사람들도 많았으나 급성 장염으로 인한 심한 탈수증, 폐렴, 심한 피부 염증으로 화농이 온몸을 덮은 중증환자들도 상당수 있었다.

매일 아침 일찍 진료를 시작하고, 많은 통역인들과 다른 의료인들이 협력하였음에도 환자들은 좀처럼 줄어들 줄 몰랐다. 점심 후에는 피곤과 졸음이 쏟아졌다. 오후 늦은 시간까지도 기다리는 사람들이 줄어들지 않자 나는 마음이 급해지기 시작했다.

나는 통역하는 사람을 데리고 기다리는 환자들을 직접 대면하기 위해 밖으로 나갔다. 모두 다 기다리느라 지쳐서 눈빛에 실망감이 담겨 있었다. 그중에서도 특히 지쳐 보이는 젊은이를 뒤쪽에서 발견했다. 몇 마디 물어보니 폐렴과 심한 탈수증임을 알 수 있었다. 증상이 심해 먹는 약으로는 부족한 데 순서를 기다렸다가는 주사약과 링거수액을 투여할 시간이 없었다.

줄서서 기다리던 장소에서 젊은이를 빼내어 교실 안 간이침대에 눕혔다. 그의 얼굴에는 갑작스럽게 의사를 만나고 뜻밖에 순번이 바꾄 데 대한 놀람과 기쁨의 표정이 섞여 있었다. 환자에게 항생제와 링거액 주사를 시작하자 두세 시간 만에 탈수증상이 좋아지면서 혈색이 달라졌다. 그의 눈 속에서 희망을 볼 수 있었다.

그의 얼굴을 보고 있으니 과거 내가 겪었던 뒤바뀐 순번의 고마운 기억이 생생하게 떠올랐다.

내가 고등학생 때였다. 감기에서 시작된 폐렴으로 몹시 아픈 적이 있었다. 넉넉지 않은 집안 사정 때문에 동네 약국에서 기침약만 사 먹고 있다가 증세가 나빠졌다. 병세가 더욱 악화되어 보건소에 가서 접수를 하고 긴 줄 뒤에 지쳐서 앉아 있는데 여자 내과 선생님께서 갑자기 나를 먼저 불렀다. 그리고는 진찰을 하고 주사를 놓고 약을 지어 주셨다. 그 하얀 가운의 선생님 모습이 너무나 훌륭하고 멋있어 보였다.

또 진료비 때문에 은근히 걱정을 하고 있었는데 선생님께서는 직원들에게 뭐라고 이야기하시더니 걱정 말고 가라고 하셨다. 나는 그 자리에 한없이 멍하니 앉아 있었다.

그때의 뒤바뀐 순번 사건과 선생님의 은혜를 기억하고 나는 의사가 되었다. 그 후에도 나는 많은 예상치 못한 사랑의 사건들을 경험하며 살아왔다. 이렇듯 수많은 은혜의 사건들이 나로 하여금 바쁜 삶 속에서도 오지에 있는 형제자매들을 향해 달려가게 한다.

텔로미어의 비밀

새해가 밝았다.

세배와 함께 덕담을 나눴다. "건강하세요" "오래 오래 사세요."

건강하게 장수하려면 어떻게 하여야 되나? 역시 운동과 식이요법이다. 이 둘은 아무리 강조해도 지나침이 없다.

쉽게 할 수 있는 걷기와 맨손체조만 해도 크게 도움이 된다. 엘리베이터를 타지 않고 계단을 걸어가는 일상생활 속의 운동도 얼마든지 생각해 볼 수 있다. 내가 좋아하는 줄넘기도 짧은 시간에 할 수 있는 운동이다. 단지 조심해야 될 것은 한 발씩 떼는 방식으로 해야만 무릎에 무리가 가지 않는다.

그러면 우리가 노력하면 수명을 연장할 수 있는 걸까?

우리 몸은 수많은 세포로 구성되어 있고 태어난 후 다시 분열하지 않는 근육, 심장근육, 신경세포를 제외한 모든 세포는 일생 동안 50번 정도의 세포분열로 한계에 달한다. 세포가 분열할 때 새로 생겨나는 세포에는 모세포와 똑같은 유전 정보가 전달된다.

이 과정은 세포핵 안에 유전정보를 담고 있는 기다란 염색체의 두 가닥 끝이 풀어지지 않게 하는 텔로미어라는 것이 있기 때문에 가능하다. 구두끈의 끝에 붙어 있는 딱딱한 플라스틱 팁을 연상하면 된다.

이 사실을 발견한 세 명의 미국 세포생물학자들에게 2009년 노벨 의학상이 돌아갔다.

이 과학자들은 세포가 한 번 분열할 때마다 염색체의 끝부분인 텔로미어가 줄어든다는 사실을 알아내었고, 텔로미어의 길이를 유지하게 해주는 효소(텔로머레이스라고 함)를 규명했다. 그 효소의 도움으로 세포 분열이 약 80번까지 가능하다는 것도 발견하였다.

이것을 더 발전시키면 노화 방지, 암치료 및 줄기세포 연구에 해답을 줄 수 있다. 텔로미어의 길이를 유지시켜 줄 수만 있다면 우리는 장수할 수 있다. 중국의 진시황제는 이런 사실을 꿈엔들 알고 있었을까.

그런데 텔로미어가 줄어들지 않는 것이 반드시 좋은 것만도 아니다. 암세포는 아무리 세포가 분열해도 텔로미어가 짧아지지 않아서 오히려 문제가 되는 것이다. 노화 방지를 위해서는 텔로미어가 줄어들지 않아야 되고 암치료를 위해서는 빨리 줄어들게 해야 되는 딜레마에 우리는 빠지게 되었다.

한 방울의 피 검사로 쉽게 텔로미어의 길이를 측정할 수 있다면 "인생의 남은 날을 계수하는 지혜를 주옵소서"라고 한 옛 현자의 말이 곧 현실이 될지도 모른다.

남아 있는 인생의 시간을 정확히 알고 그것이 그다지 긴 시간이 아닌 것을 알게 된다면 어떤 마음이 들게 될까. 성공, 명예, 외모, 재물 등 모두가 시들해질 것 같다. 시기, 질투, 분노, 미움도 다 넋나간 웃음으로 떨어버릴 것이다. 단지 누군가의 뇌리에 사랑, 화평과 자비로 남아 있기만을 바랄 것 같다.

그리고 남은 시간이 더 짧아져 마지막 한 번의 세포 분열만 남겨 놓고 있을 때에는 지금 장암으로 고생하신다는 이해인 수녀의 〈어떤 결심〉이란 시가 생각날 것 같다. 올해의 하루하루를 그렇게 살아가 리라 다짐해 본다.

마음이 많이 아플 때/ 꼭 하루씩만 살기로 했다/ 몸이 많이 아플 때/ 꼭 한순간씩만 살기로 했다/ 고마운 것만 기억하고/ 사랑한 일만 떠올리며/ 어떤 경우에도 남의 탓을 안 하기로 했다/ 고요히 나 자신만 들여다보기로 했다/ 내게 주어진 하루만이/ 전 생애라고 생각하니/ 저 만치서 행복이 웃 으며 걸어왔다.

―이해인 〈어떤 결심〉

내 인생의 스승들

매일 많은 환자들을 대하지만 특별히 기억에 남는 분들이 있는데 우선 상황이 특별했던 경우들이다. 너무나 상태가 다급해 식은 땀을 흘렸던 분들, 희귀한 병 때문에 치료하는데 길고 암담한 터널의 시간을 같이 통과했던 분들. 치료 결과가 좋으면 기뻐서, 나쁘면 고목의 상처처럼 가슴에 깊이 새겨져서 아린 기억으로 남아 있다.

또 성격이 별나서 도무지 치료에 협조를 안 하고 애를 먹인 분들, 나름대로 이론이 많아서 내 속을 태우신 분들도 기억 속에 남아 있다. 미운 정이 든 케이스라고 할까. 학창 시절 야단을 많이 치던 선생님이 더 기억에 남는 것과 같은 이치다.

반면 의사의 말을 절대적으로 믿고 따르는 모범생 같은 환자들에게는 내가 더 잘 해드리지 않을 수가 없다. 의사로서 나의 말 한마디 한마디가 얼마나 중요한가를 새삼 깨닫게 해주시는 분들, 말 한마디라도 더 해드리고 싶어진다.

부부간의 정이 특별해서 기억에 남는 분들도 있다. 노부부환자 중 부인이 몇 년 전 뇌졸중으로 양로병원에 입원하게 되었다. 그 후 그 남편은 하루도 거르지 않고 매일 걸어서 양로병원을 방문한다. 결혼 서약을 헌신짝처럼 버리는 세태에서 일편단심 열부의 사랑이 감탄스럽다.

할아버지는 병실을 찾아가 잘 알아듣지도 못하는 부인에게 이런저런 이야기를 들려준다. 병원 방문이 항상 즐겁지만은 않았을 것이지만 매일 걷다 보니 할아버지는 건강이 좋아지고 성인병이 잘 조절되고 있다. 열부에게 주어지는 선물이라고나 할까.

어바인에 사는 K씨는 효성이 지극한 분이다. 빼어난 미모의 중년 여성인 그는 만성 신장병을 앓았는데 더 나빠져 신장 투석을 시작했다. 다행히 의료장비가 발달해 투석은 집에서 딸의 도움을 받아 할 수 있었지만, 거의 매일 해야 되는 치료는 환자를 지치게 했다.

그럼에도 불구하고 K씨는 노쇠한 시부모의 정기검진에 언제나 동행하였다. 공교롭게도 그의 시아버지도 신장이 나빠져 투석을 하게 되면서 양로병원으로 갈 수밖에 없는 처지가 되었다. 환자 본인은 양로병원 입원을 반대하였지만 자녀들 부부가 모두 맞벌이를 하니 투석이 필요한 연로한 환자를 집에 모실 수가 없는 형편이었다.

그때 K씨가 시부모님을 모시겠다고 자청하고 나섰다. 주위 사람들의 반대에도 그녀는 아주 즐거운 마음으로 시부모님을 모셨다. 어머니가 솔선수범하자 십 대의 자녀들도 할아버지, 할머니의 목욕은 물론 온갖 간호에 동참하였다.

가족들의 지극한 간호에 할아버지는 너무 행복해하며 건강을 잘 유지했고, 손자, 손녀는 성격이 좋아지며 가족을 위하는 마음이 지극해졌다는 이야기를 전해 들었다.

그리고 얼마 지나지 않아 K 씨가 신장이식을 신청해 놓은 병원에서 연락이 왔다. 콩팥 기증자가 생겨서 마지막 검사를 두 명의 환자에게 하고 있는데 그가 최종 수혜자가 될지도 모른다는 소식이었다.

K씨의 혈액형과 조직형은 그리 흔하지 않을 뿐 아니라 신장기증을 받을 순서가 되기에는 신청기간이 얼마 되지 않아 그런 연락 자체가 놀라운 일이었다.

검사 결과가 나온 후 기적같이 그녀에게 콩팥이 주어지고 이식수술은 아주 성공적이었다. 확률이 매우 낮은 일이 현실로 일어난 것이었다. "네 아버지와 어머니를 공경하라. … 네가 잘되고 땅에서 장수하리라."는 성경 구절이 떠오르는 사건이었다.

환자들은 내 인생의 스승들이다. 그들은 사람이란 영원히 행복할 수도 없고 영원히 불행하지도 않다는 사실을 가르쳐 준다. 사람이 가질 수 있는 행복은 물질에 달려 있지 않고 얼마나 남을 사랑하고, 의리를 지키며, 부모를 공경하느냐에 달려 있다는 것을 깨우쳐 준다. 무엇보다 생명은 돈으로 얼마만큼 연장은 할 수 있으나 살 수는 없다는 것을 날마다 가르쳐 준다.

헐렁한 바지를 입는 사람들

지난봄 노스캐롤라이나에서 감동적인 일이 있었다. 백인 여 교사와 흑인 학생에 관한 이야기이다.

8학년 담임이자 과학교사인 제인 스미스 선생님은 흑인 학생 마이클 카터가 몹시 못마땅하였다. 마이클은 주의가 산만하고 항상 헐렁한 배기바지를 입고 다녔으며 바지는 언제나 반쯤 흘러내린 상태였다. 또 마이클은 풋볼 연습할 때도 공을 잘 놓쳤다. 그럴 때 보면 항상 바지가 흘러 내려 있어서 교사는 어느 날 마이클에게 화를 내면서 야단을 쳤다.

"마이클, 너는 왜 매일 옷을 단정하게 입고 다니지 않니? 너는 왜 매일 배기바지를 엉덩이에 반쯤 걸쳐 입는 거니? 정말 보기 싫어!"

야단을 맞던 마이클의 대답은 의외였다.

"선생님, 저는 콩팥이 나빠서 12년째 투석을 하고 있어요. 현재는 복막 투석을 하고 있고요. 투석을 위해 복강 안에 넣은 튜브가 자꾸 바지와 마찰을 일으켜서 피부가 아픕니다. 그래서 헐렁한 바지를 밑으로 내려 입다 보니 바지가 엉덩이에 반쯤만 걸쳐지게 됩니다. 이제는 정말 투석하기가 힘들고 싫어요."

마이클의 눈에는 이슬이 맺혀 있었다.

순간 교사는 머리를 망치로 얻어맞은 것 같았다.

"아! 내가 사람을 외모로만 판단했구나. 마이클의 사정도 모른 채 헐렁한 바지 때문에 아이를 미워하고 문제아로 취급해 왔구나."

교사는 마이클에게 물었다.

"그럼 앞으로 어떻게 되는 거니?"

마이클은 평소에 생각하던 바를 담담하게 이야기했다.

"신장이식을 받았으면 좋겠어요. 이젠 정말 지쳤어요. 그렇지만 나에게는 순서가 안 오는 모양이에요."

스미스 선생님의 입에서 "나는 콩팥이 두개 있어."라는 말이 저절로 튀어나왔다.

그날 밤 그녀는 잠을 이루지 못했다. 편모인 그는 다음 날 13세 된 아들에게 물었다. "내가 신장을 기증하려고 하는데 괜찮겠니?"

아들이 물었다. "누구에게 주시려고요?"

"우리 학교 마이클 카터라는 아이에게."

아들은 대답 대신 어머니를 따뜻하게 안아 주었다.

"어머니, 사랑해요. 존경해요."

그 후 모든 검사 결과 교사와 학생의 신장조직이 잘 맞고 수술하는 데 모든 조건이 좋다는 판정이 나왔다. 그렇다고 수술이 쉬웠던 것은 아니었다. 마이클이 복막염으로 열이 나서 연기된 후 결국 올 4월 신장이식이 성공적으로 끝났다. 마이클의 신장은 수술 즉시 작동하기 시작했고 스미스 선생님도 서서히 회복되었다. 두 사람이 다시 학교로 돌아왔을 때 백인, 흑인 학생들 모두가 감격하여 서로 얼싸안고 울었다고 한다.

신장이 나빠져 기능이 10% 가깝게 떨어지면 투석을 해야만 생명을 유지할 수 있다. 투석은 크게 나누어 혈액투석과 복막투석이 있다. 혈액투석은 혈관에서 피를 뽑아 인공신장을 통과하게 함으로써 피를 깨끗하게 하는 방법이고, 복막투석은 플라스틱 관을 배꼽의 약간 아래쪽 복강 안에 꽂아서 그 관을 통해 깨끗한 투석 액을 넣어주는 방법이다.

내장을 덮고 있는 복막의 모세혈관을 통한 삼투압 작용으로 노폐물은 투석 액으로 빠져나오고 투석 액에 있던 필요한 성분들은 환자의 몸 안으로 스며들어 가게 된다. 복막투석은 쉽고, 환자가 직접 집에서 간단한 기계를 이용해 밤에 자면서 할 수 있으며, 낮에는 활동이 자유스러워 젊은 층 환자들이 선호한다. 하지만 마이클처럼 헐렁한 바지를 입곤 한다.

마이클과 스미스 선생님의 이야기를 들은 후 나 역시 복막투석 환자들의 복장에 대해 더 많은 이해를 하게 되었다. 또 사람들을 외모로, 나의 편견으로 판단하지 않겠다고 다짐해 본다. 상대방의 입장에서 생각하고 이해하지 못했던 수많은 경우들이 떠올라 무척 후회스럽다.

인종을 뛰어 넘어 자신을 희생하며 제자를 사랑한 43세의 제인 스미스 선생님을 생각하면 미국이 아름답게 느껴진다. 마이클의 꿈은 농구선수가 되어 노스캐롤라이나 대학 농구팀에서 뛰는 것이라 한다. 스미스 선생님은 그 게임을 보는 것이 꿈이라 했다.

"꿈은 이루어진다."

발가락의 소중함

환자 한 분이 한쪽 다리가 퉁퉁 부어서 병원에 왔다. 잘 살펴보니 다리는 부어있을 뿐만 아니라 벌겋게 열이 나고 있었다.

다리 통증도 상당히 심할 뿐더러 온 몸이 괴로워하고 있었다. 염증은 발가락에서부터 임파선을 타고 빠르게 다리 위쪽으로 올라가고 있었다.

병이 시작된 부분은 찾기가 어려웠으나 면밀히 살펴보니 새끼발가락 살갗의 작은 균열에 박테리아균이 들어가 염증이 시작되었다. 설상가상으로 환자는 가려운 염증부분을 긁어 증세가 악화되었고 급기야 임파선으로 퍼지게 된 것이었다. 항생제 주사를 정맥으로 며칠 동안 대량 투여한 후에야 병세는 겨우 진정되었다.

발가락에 생긴 염증으로 온몸과 머리까지 아파 고통 받는 환자를 보았을 때 "머리가 발에게 '너는 내게 쓸데없어!'라고 말할 수 없다는 것과 몸에서 더 약해 보이는 부분이 오히려 요긴하며…."라는 글이 생각났다.

얼마 전에 몇몇 지인들, 학생들과 함께 멕시코에 선교 봉사활동을 다녀왔다. 샌디에고를 지나 미국 국경을 넘어 여러 시간을 차로 내려가야 했는데, 국경을 넘은 몇 시간 후의 세상은 미국과 완전히 딴판이었다. 도로포장이 안 되어 있는 황량한 도착지의 흙먼지 바람은 온몸과 눈에 보이는 모든 것을 갈색으로 만들어버리고 있었다. 흙먼지로 인해 목은 따가워오고 입안에서는 모래가 버석거리고 있었다. 물은 소금기로 짭짤한 물이어서 샤워를 할 수도 없었고, 전기는 발전기로 몇 시간만 돌려 겨우 음식이 썩지 않을 정도로만 냉장고를 가동시키고 있었다.

그곳에서는 인디안 원주민 수천 명이 토마토 농장에서 농사를 짓고 토마토 케첩을 만드는 공장에서 일하고 있었다. 임금은 한 시간에 1달러 정도였는데, 그 원주민들은 생활비를 절약하기 위해 집단 거주지에서 생활하고 있었다. 닭장같이 조그만 방에서 여러 식구들이 살고 있었고, 낯선 우리들이 도착하자마자 단칸방이 연결된 주택들에서 수백 명의 어린 구경꾼들이 쏟아져 나왔다.

우리 학생들은 그 아이들과 함께 놀고, 가르치며, 준비해 간 재료로 직접 음식을 만들어 나누어주었다. 나를 비롯한 의료진은 건강검진을 하고 몸이 불편한 어른들을 치료했다.

물이 좋지 않아서였는지 하루 이틀 지나니 뱃속이 불편하고 설사가 났다. 그곳 원주민들의 건강이 좋을 리가 없는 이유도 물 때문이었다.

나는 치료도 중요하지만 우물의 필요성을 절실하게 느꼈다. 일반 주민들은 농사를 지을 수가 없었고 잔디나 화초 또한 자랄 수가 없었다. 사람들이 쓸만한 물은 지하로 150미터 이상을 파야 나온다고 했다. 토마토 농장의 주인들은 그렇게 하여 물을 조달하고 있었으나, 수만 달러가 드는 깊은 우물의 혜택이 일반인들에게 까지는 닿지 못하고 있었다.

　작은 발가락에 염증이 생겨 다리를 통해 퍼지면 온몸이 아프게 된다. 몸 전체에서 열이 나고 잘못되면 쇼크로 빠져 생명 자체가 위험하게 되는 경우도 있다. 몸의 이러한 유기적 상황을 보며 우리의 모든 이웃이 잘되어야 하는 이치를 깨달았다.

　지구촌의 형제자매가 아픈데 내가 평안할 수 없고, 내 형편이 넉넉하다고 해서 어려운 이웃을 외면하여 지구촌이 불안해진다면 나 역시 잘 살기가 어렵다. 몸의 여러 지체가 서로 돌아볼 때 온 몸이 건강하듯이, 아름다운 유기적 관계 형성으로 서로를 보살피는 건강한 사회를 꿈꿔본다.

바람의 고마움

유난히 바람이 많이 불던 날 평소에 만성폐기종과 허파섬유화증을 앓고 있던 환자분이 갑자기 가슴이 아프면서 기침이 심해져 병원에 오셨다. 심장박동도 평소보다 매우 빠르고, 호흡곤란이 심했다.

청진을 해보니 폐 한 쪽의 소리가 잘 안 들리고 숨을 쉬는 근육이 아주 지쳐 보였다. X-ray를 찍어 보니 한쪽 폐에 기흉이 생겼다. 기흉은 폐의 일부가 약해져 작은 풍선 같은 주머니, 곧 기포가 형성되고 그 기포의 파열로 공기가 폐를 감싸고 있는 두 겹의 얇은 늑막 사이로 들어가 폐를 누르는 질환이다. 허파의 껍질에 해당하는 두 겹의 늑막 사이로 비집고 들어간 공기의 압력이 폐를 찌그러뜨리는 것이다.

급히 튜브를 늑막강 안에 삽입하고 며칠을 지냈으나 폐는 계속 기흉에 눌려 있었다. "도대체 무슨 병이고, 왜 진전이 없느냐?"는 가족들의 질문에, 쉬운 말로 "허파에 바람이 들었어요"라고 설명을 했다.

환자는 결국 내시경으로 늑막을 수술하고서야 기흉이 치료되었다. 그 후에 곰곰이 생각해보니 공기 혹은 바람은 무척 억울하겠다는 생각이 들었다.

공기는 우리 몸에 절대적으로 필요할 뿐 아니라 의학치료에 널리 사용되고 있다. 사람은 산소를 3분이상만 못 마셔도 뇌사상태에 빠질 수 있다. 폐렴이 심하여 본인 스스로 호흡하기 힘든 경우에는 산소 호흡기를 달아서 기계가 대신 산소와 다른 공기를 공급해줌으로써 환자가 회복하는데 도움을 주기도 한다.

요즘은 심장으로 가는 혈관이나 경동맥이 좁아진 경우 가느다란 줄 끝에 붙어 있는 풍선에 공기를 넣어 뚫는 방법으로 심장마비와 뇌졸중을 막아주기도 한다. 그 뿐인가? 복부에 흉터 자국을 적게 남기기 위해 내시경으로 각종 수술을 많이 하는데, 복강경으로 복강 안을 들여다 볼 때 바람을 집어넣는다. 장기들을 서로 분리시킴으로써 수술자가 시술하려는 장기를 잘 볼 수 있게 하기 위해서다. 또한 질소를 액체로 만든 액화 질소는 증발할 때 급격히 온도가 떨어지는 특징을 이용하여 피부의 혹에 묻혀주면 혹이 얼어서 떨어져 버린다. 공기의 고마움이 새롭게 느껴지는 현상이다.

내가 평소에 존경하는 김모수 시인은 바람에 대해 다음과 같이 수필을 쓴 적이 있다.

"오래전 농촌운동을 할 때 무더운 여름날 논바닥에서 김을 매고 있었다. 온몸에 땀이 비 오듯 하여 짭짤한 땀방울이 눈 안으로 입속으로 마구 들어오고 훔쳐 낼 손도 없었을 때 시원한 산들바람의 신세를 톡톡히 진 적이 있었다. 그때만큼 바람의 고마움을 절감해 본 적이 없었다. 많은 사람들이 비슷한 신세를 졌으리라. 그러나 인간처럼 간사하고 배은망덕한 생명체가 또 어디 있으랴? 실컷 은혜를 입고도 돌아서면 언제 그런 일이 있었느냐고 완전히 외면해 버리는 것이 인간이 아니던가? 은혜는 잠시 잠깐이고 뉘 집 남정네가 바람이 났다느니 누가 누구에게 바람을 맞았느니, 왜 고금을 막론하고 안 좋은 일에는 한사코 바람을 끌어들이는지 모르겠다.”

사람들은 힘차게 날리는 깃발의 기상을 치하할 줄만 알지 그 기폭을 움직이는 바람의 수고는 알려고도 하지 않는다. 유유히 흘러가는 흰 돛단배의 평화롭고 아름다운 정경을 감상하면서도 그 뒤에 숨어 있는 순풍의 고마움을 감사하는 이가 어디 몇이나 있던가? 오늘도 공기와 바람은 하늘과 땅, 심지어 물속에서도 필요한 일들을 묵묵히 감당하고 있다.

“허파에 바람이 들었다.”라고 무심코 던진 내 말에 화가 나서인지, 아니면 우리의 타락과 이기심 때문에 점점 더 혼탁해지는 이 세상 꼴에 화가 나서인지 오후 들어 병원 창가에 바람소리가 더욱 거세게 윙윙 울어댄다. 5층 진료실 창가로 내려다보이는 팜트리도 위아래로 몸부림을 친다. 평소에는 조용하지만 때론 강한 소리를 내는 바람에 귀를 기울여 본다.

있는 듯 없는 듯 다른 이들의 땀을 닦아주며 이웃들의 마음을 편안하게 해주는 산들바람 같은 사람, 앞에 나서지 않고 남을 세워주는 바람 같은 겸손을 간직한 사람이 되도록 노력해야겠다.

우리 삶 속의 증상들

환자들과 상담하다 보면 대답하기 쉽지 않은 질문들이 있다. 열이 나는데 왜 그런가요? 배가, 머리가 아픈데 왜 그렇지요? 무슨 약을 먹어야 하나요?

그런 증상들은 어딘가에 병이 숨어 있다는 것을 알려주는 신호이지 병명 자체는 아니다. 증상들은 몸 어딘가에 숨어 있는 병을 찾아내는 데 도움이 되고 아프다는 것은 우리 몸이 아직은 정상적으로 반응을 한다는 역설적인 증거도 된다.

열은 우리 몸 어딘가에 염증이 있거나 나쁜 세포가 자란다는 신호이며, 통증은 문제가 생기고 있는 장기의 위치를, 밖으로 들어내는 생명지표인 혈압이나 맥박은 병의 심한 정도를 알려 준다. 혈압이 떨어지고 맥박이 빨라지면 탈수가 됐거나 어딘가에 출혈이 있다고 본다. 이렇듯 증상과 지표는 몸의 상태를 알려주는 것으로 병의 증세를 유심히 살피면 곧 명의가 된다. 그 속에 답이 있는 것이다.

또 몸속에서 들리는 소리에 귀 기울이면 찾아낼 수 있는 질병들이 종종 있다. 흔한 경우는 아니지만 후천적으로 생기는 고혈압 중 신장으로 들어가는 동맥이 점차 좁아져 혈압이 올라가는 경우가 있다. 이런 경우 좁아진 신장 동맥을 넓히고 튜브를 넣어주면 매우 높은 혈압이 즉각 정상으로 된다. 그런 환자인 경우 배꼽 주위에 청진기를 대고 좁아진 신장동맥으로 피가 통과할 때 생기는 소용돌이 소리가 있는지 잘 들어야 한다.

우리 삶 속에서도 귀 기울이고 살펴보아야 할 여러 가지 증상들과 현상들이 있다. 걱정, 분노와 스트레스가 가장 흔한 것들이다. 그 외에도 교만, 허풍스런 자랑, 지나친 집착과 비교하는 마음 등등… 이와 같은 좋지 않은 증상들과 마음은 우리를 낙담시키며 우리 자신을 실망스럽게 만든다. 이런 증상들과 현상들은 외부적인 사건 때문에 나타나기보다는 마음 상태에서 오는 경우가 대부분이다.

"우리의 인생은 한 치 앞을 예측할 수 없고, 그 누구도 자신의 미래를 마음대로 할 수 없다."는 것을 망각할 때, 우리는 불필요한 걱정과 스트레스에 빠지는 게 아닌가 생각해 본다. 그리고 "일생은 매우 짧으며 인간은 죽을 수밖에 없는 존재"라는 것을 잊을 때 우리는 남과 비교하는 일에 집착하게 된다. 그래서 내 자신이 남보다 조금 나은 것 같으면 교만하고 자랑하며, 남보다 못한 것 같으면 억울해하며 분노한다.

양로원을 방문하러 간 어느 겨울날 오후, 차에서 내리는데 바쁜 일상으로 무디어진 가슴속으로 차가운 바람이 휙 스쳐가는 것이 느껴졌다. 건물 옆 단풍나무의 잎이 모두 떨어지고 앙상한 가지만 남아 있었다.

양로원 로비에는 워커에 몸을 의지한 노인이 새장에 갇힌 새처럼 하염없이 바깥을 내다보고 계셨다. 더 안쪽으로 들어가니 할머니, 할아버지들이 휠체어를 타고 동그랗게 둘러앉아 노래를 부르고 계셨다.

"청산리 벽계수야 수이 감을 자랑 마라, 일도창해하면(한 번 바다에 도달하면) 돌아오기 어려우니…." 치열한 삶을 살아내느라 온몸이 상처투성이가 되신 어르신들이 부르는 노래였다.

동경 유학까지 다녀오신 할아버지, 시골에서 농사짓던 할머니, 그 옛적에 전문학교까지 졸업하신 할머니, 홀몸으로 여러 자식들을 잘 길러낸 할머니…. 각자 다른 길을 걸어왔지만 이제는 모두 스트레스에서 초연한 모습이었다. 걱정, 교만, 분노는 간 곳 없고 천국을 기다리는 평안만이 감싸고 있었다.

양로원을 나오려는데 합창단 학생들이 방문 와서 어르신들을 위해 노래를 부르고 있었다. 고귀하다는 뜻의 〈에델바이스〉 노래도 있었다. 어린 학생들의 노래를 듣는 어르신들의 표정은 희로애락을 머금고 피어난 '에델바이스'였다.

하루라도 더 젊을 때부터 외롭고 어려운 사람을 돕고 사랑을 베푸는 것이 삶의 해로운 증상을 치료하는 가장 좋은 방법이 아닐까?

양로원을 나오니 나무 밑의 잔디들이 유난히 파릇파릇하게 돋아나고 있다. 곧 봄이 올 것이다.

엄이도종(掩耳盜鐘)

　한국의 교수 신문에서 올해의 사자성어로 '엄이도종(掩耳盜鐘)'을 선정했었다. 자기 귀를 막고 종을 훔친다는 뜻. 자기가 잘못 됐다는 생각은 하지 않고 다른 사람의 비난을 듣기 싫어 귀를 막아 보지만 소용이 없는 것이다. 아마 올해에 한국, 미국에서 선거가 있으니 "정치 지도자들은 민심의 소리를 들어야 하고 귀를 막아서는 안 된다."는 뜻으로 '엄이도종'이 선택된 듯하다.

　어찌 정치인들만의 이야기이겠는가, 우리 모두에게는 상대방의 의견을 존중하고 이야기를 경청하는 현명함이 필요하다. 병원에서도 '의사는 환자의 이야기를, 환자는 의사의 권고를 잘 들어야 함을 날마다 실감하며 나의 부족함을 아쉬워하고 있다. 그러나 많은 경우 자신의 편견으로 귀를 막고 상대방의 이야기는 들으려 하지 않는다.

　의사의 도움이 필요해 병원을 찾았지만, 정작 본인들의 이야기에 열중해서 의사의 권고에 귀를 기울이지 않는 분들이 종종 있어 안타까울 때가 있다. 흔히 혈압이 매우 높으신 분들 중 '혈압 약을 한번 시작하면 평생 먹어야 한다. 혈압 약을 먹으면 혈압이 점점 올라간다.'라고 생각하셔서, 높은 혈압 때문에 심장과 뇌, 온몸을 연결하고 있는 혈관이 시시각각으로 손상되고 있는데도 치료를 안 하시는 분들이 있다.

혈압 약은 내성을 일으키지 않는다. 우리 몸의 혈관은 세월에 따른 노화 현상으로 동맥경화가 진행되어 혈압이 점점 더 올라간다. 혈압 약의 부작용은 매우 적으며, 그 혜택은 아주 많으므로 혈압이 아주 높으신 분들은 시간을 낭비하지 말고 약을 시작해야 한다. 그리고 동시에 동맥경화를 방지하기 위해 운동과 식생활을 개선해야 된다.

당뇨병으로 혈당이 매우 높으신 분들이 '인슐린을 맞으면 끝장이다.'라는 잘못된 생각을 가지신 분들이 있다. 혈당이 높아 몸에 당뇨 합병증이 생기려는 분들은 인슐린을 만들어내는 췌장의 기능이 이미 거의 없는 상태이다. 이런 분들은 인슐린 주사를 맞으면 몸이 훨씬 가벼워지며, 당뇨 망막증, 신장부전, 심장마비, 다리 절단 등 여러 합병증을 줄일 수 있다. 오늘날의 인슐린 주사약은 사람의 몸 안에서 만들어지는 것과 똑같은 것이며 안전하다. 주사바늘도 가늘고 간편해졌다.

또 많은 사람들에게 '양약은 화공약품이라, 생약보다 좋지 않고 부작용이 많다.'라는 편견이 있다. 양약의 대부분이 식물에서 발견되었고, 그것을 정제해서 노폐물을 빼고 대량으로 만들어 낸 것이 오늘날의 양약이어서 오히려 정제되지 않은 생약보다 훨씬 더 깨끗하다고 할 수 있다. 많은 약이 싸게 보급되고 있는 것은 선구자들의 헌신으로 이루어진 것으로 우리들은 그 혜택을 필요에 따라 누리면 된다. 비싼 생약들이라고 효과가 더 있고, 부작용이 없다고 생각해서는 안 된다.

사람이 살아갈수록 아집과 편견이 늘어나는 것을 느끼며 놀란다. 배우려는 유연성과 변화와 도약에 대한 열정이 줄어들면서 나오는 현상이 아닌가 싶다. 환자들 가운데 부부들이 함께 와서 배우자가 얼마나 건강관리를 잘못하고 있는지 서로 의사에게 일러줄 때면 '엄이도종'이 생각나 웃음이 절로 나온다. 그런데 나의 관찰 소견으로는 나이가 들어 갈수록, 여자 분들의 말씀이 맞는 경우가 많다. 대부분 아저씨나 할아버지들이 문제가 더 많은 것 같다. 여자들은 자식들이나 손자, 손녀들에게도 인기가 좋아서 병원에 모시고 올 때 보면 어머니나 할머님들께 더 따뜻하게 대한다.

나도 형님 댁에 계신 아버님을 오랜만에 찾아뵈었다. 어머님을 먼저 하늘나라에 보내신 아버님이 안쓰러워 잘해 드리려 했는데, 대화 중 아버님의 고집스런 편견에 불쑥 한마디가 튀어 나오고 말았다. "어머님이 왜 힘들어하셨는지 이제야 알겠네요."

그 말이 떨어지자마자 아내가 부른다. "여보! 이리 좀 와 보실래요?" 왜? 또, 무슨 일을 시키려는 것일까? 귀를 막고 못 들은 체해 버릴까?

함께 가는 길

남가주에 무더위가 계속되었다. 그때 나는 남가주를 벗어나 시원하고 하늘 푸르른 필라델피아에서 딸아이와 함께 거닐고 있었다. 딸이 올봄부터 다니고 있는, 고색창연한 건물 숲이 우거진 대학교정을 함께 거니는 건 기쁨이었다.

다른 분야에서 일하던 딸은 캄보디아를 비롯한 여러 나라를 방문하면서, 낙후된 지역 사람들에게 의료혜택이 얼마나 절실한 문제인지를 깨달았다. 그리고는 의과대학 진학이라는 새로운 목표를 세웠다. 그 아이의 가는 길이 멀고 의과대학 과정이 쉽지 않겠지만, 무엇보다도 본인이 뜻을 세우고 도전하겠다는 것이 대견해서, '시작이 반'이니 조급해 하지 말라고 격려해 주었다.

그곳에 간 김에 워싱톤 D.C.에 들러 꼭 한 번 가보고 싶었던 세계은행을 방문하였다. 마침 세계은행에서 선임 연구원으로 일하는 사촌동생이 안내해 주었다. 백악관 바로 옆에 있는 세계은행은 유엔국

제통화기금(IMF)과 더불어 3대 세계기구에 속한다.

1946년 발족한 이 은행은 제2차 세계대전 후 피해 국가들의 전후 복구와 경제개발을 위한 자금지원을 목적으로 유엔 산하에 주요 선진국들에 의해 설립되었다. 지금은 낙후된 지역의 경제부흥을 위한 금융지원도 하고 세계의 빈곤퇴치에도 앞장서고 있다. 도로 개발, 의료센터 건설, 경제활동 도와주기, 농부를 위한 기구와 종자 개량과 공급 등 다양한 사업을 하고 있다.

세계은행의 로비에는 어린 아들이 앞장서서 막대기를 잡고 따라오는 장님 아버지를 안내하며 함께 걷는 동상이 서 있다. 이것은 사하라 남쪽 아프리카에서 흔히 볼 수 있는 광경으로, 아버지는 흑 파리에 의해 전염되는 기생충에 감염되어 장님이 되는 River blindness 라는 병에 걸린 사람을 상징한다. 아프리카에서 많이 발병하는 이 질환에 1,800만 명 정도가 감염되었고 그중 약 30만 명이 장님이 된 것으로 추산된다. 치료와 예방은 환자가 질병 초기에 기생충 약을 먹고, 주위에 있는 흑 파리를 없애는 것이다. 세계은행이 주도한 River blindness 퇴치 활동은 매우 성공적인 일로 알려져 있다. 돈을 빌려주고 장사하는 은행의 고정관념을 뛰어넘는 세계은행의 폭넓은 활동에 감명을 받았다.

이런 세계적 기구에 한인이 총재로 부임했다는 사실은 같은 민족으로서 뿌듯한 일이 아닐 수 없다고 사촌동생은 덧붙였다. 김용 총재의 활동에 대해서는 나도 익히 알고 있었다. 의사이면서도 인류학을 공부한 김용 총재는 일찍부터 중남미 빈민지역에서 결핵퇴치, 또 세

계 여러 곳에서 말라리아, 에이즈 퇴치에 앞장선 훌륭한 분으로 알려
져 있다.

김용 총재는 어릴 적부터 마틴 루터 킹 목사를 평생 스승으로 생각
하며 살아 왔다고 어느 글에서 썼다. "가난하고 불쌍한 국가들을 위
해 사회 정의를 실천하고 도움이 되는 일을 함께 하는 것이 우리의
의무다"라고 외친 킹 목사의 말과 "위대한 것에 도전하라"는 그의
어머니의 말을 늘 마음 깊이 새기고 있다고 하였다.

다트머스 대학 총장 시절 김 총재는 학생들에게 "꿈은 높고 야무지
게, 그러나 두 다리는 땅에…"라는 말로 꿈은 원대하게, 그러나 오늘
은 성실하게 살 것을 격려했다고 한다.

세계은행 건물에서 멀지 않은 링컨대통령 기념관으로 나의 발걸음
이 옮겨졌다. 그곳은 마틴 루터 킹 목사가 "나는 꿈이 있습니다"라는
연설을 한 장소였다. 나는 링컨 대통령 대리석 조각을 뒤로 하고 킹
목사가 연설을 했다는 계단에 서보았다. 1963년 8월에 25만 명이 운
집한 가운데 모든 인간의 평등과 자유를 역설한 킹 목사의 우렁찬
목소리가 아직도 귓가에 쩌렁쩌렁 울리는 듯하였다.

링컨 대통령, 킹 목사, 그리고 김용 총재 이런 사람들을 생각하며
멀리 바라보니 미국의 자유와 평등의 상징인 국회의사당이 눈에 들
어온다. 나는 딸아이와 우리 후손들이 자유와 평등을 존중하고, 조물
주의 걸작품인 모든 인간을 사랑하며, 꿈에 도전하며 현실을 성실하
게 함께 살아가기를 간절히 기도하였다.

몸과 인생의 섬유화

현대의학의 풀리지 않는 숙제는 몸에서 일어나는 섬유화를 조절할수 없다는 것이다. 섬유화란 정상적인 조직이 파괴되면 섬유성 결합조직으로 대체되는 것을 말한다. 피부에 생기는 섬유화 현상을 일반적인 말로 '흉터' 혹은 '상처'라 한다.

우리의 눈에 쉽게 띄는 피부의 섬유화도 있지만, 보이지 않는 내부장기에 섬유화가 생길 수 있다. 콩팥내의 섬유화는 신장을 망가뜨리고허파, 간의 섬유화는 심각한 상태까지 진행되어 사망에 이르게도 한다.

이번 주에 미국 신장협회학회가 샌디에고에서 있었다. 미국 뿐 아니라 세계 각국에서 신장학에 관련되는 의사들, 연구가와 관련회사들의 직원들까지 수천 명이 모여 부산하였다. 수년간의 연구를 정해진 시간 내에 발표하고 서로 토론하였는데, 나 같은 임상의들에게는 너무나 값진 배움의 시간이었다.

50년간의 종합적이고 획기적인 연구를 발표하는 주 강사들의 얼굴은 상기되어 있었다. 당뇨환자들에게서 혈당이 콩팥에서 흡수되는 것을 차단시켜 소변으로 방출시킴으로써 당뇨를 조절하는 연구가 실용단계에 와 있었다. 또 다른 흥미로운 연구는 한 인간안에 있는 유전정보 50억 개에 대한 지도를 완성해 놓고 있었다. 그러나 "이 유전자들을 바꾸거나 치료해 줌으로써 의학에 어떻게 적용할 수 있는가?" 하는 실용화 단계까지는 멀어 보였다.

이런 연구의 대가들에게서 몇 가지 공통점을 볼 수 있었다. 이들 모두는 같은 분야에 있는 많은 동료들과 협력해서 일해 왔으며 진심으로 그 성공을 함께 나누고 있다는 것이었다. 또 다른 특징은 그런 대가들은 본인들이 어디까지를 알고, 무엇을 모르고 있다는 것을 확실하게 이야기해 준다는 것이었다. 모르는 부분들을 젊은 연구가들에게 이야기해 줌으로써 다음 단계의 연구를 구상하는데 필요한 정보를 주고 있었다.

이번 학회에서 '나는 무엇을 모르는가?' 에 대해 생각해보는 소중한 시간이었다. 또 귀중한 자료들을 아낌없이 공유하는 것이 현대 서양의학의 훌륭한 미덕임을 다시 한 번 느끼기도 했으나 안타깝게도 이번 학회에서도 섬유화를 예방, 치료하는 문제에 대해서는 시원한 답이 없었다.

우리가 인생을 살아가면서 섬유화 즉 흉터나 상처가 없는 사람은 없을 것이다. 넘어지거나 긁힌 자리에 섬유화가 이루어지고, 나이가 들수록 병으로 생기는 상처도 많아지게 마련이다.

의사가 환자들에서 흔히 보는 상처는 머리에 수술로 생긴 상처,

갑상선 수술로 목에 생긴 흉터가 있다. 이렇게 쉽게 눈에 띄는 상처도 있지만 진짜 큰 흉터는 옷을 들치면서 본격적으로 나타난다. 심장 수술로 가슴 가운데를 쩍 갈랐던 긴 상처, 명치에 있는 위 수술 자국, 오른쪽 상 복부 담낭수술 자국, 하복부에 맹장수술 상처, 가운데는 방광, 전립선, 자궁수술 흉터…….

어디 이것뿐이랴! 팔에는 투석을 하느라 생긴 혈관수술 자국, 다리에는 심장수술을 위해 혈관을 뽑아간 흔적, 혈액순환이 안 좋아 혈관을 연결한 수술 자리……. 어떤 상처는 아주 크고 두꺼워 흉하기도 하다. 이런 상처를 보면서 우리는 종종 어려움에 빠졌던 때를 떠올리곤 한다. 또 우리가 지금 가지고 있는 상처에 골몰하면, 아픔이 있었던 때에 느꼈던 고통이 실제로 느껴지기도 한다. 그때마다 우리는 자신을 불행하게 생각하기도 하고, 다른 이를 원망하기도 하며 상황과 환경을 탓하기도 한다. 그러나 곰곰이 생각해 보면 우리가 안고 있는 많은 상처는 우리가 힘든 어려움 속에서도 완전히 넘어지지 않고 잘 살아 왔다는 흔적이자 증거이다.

우리가 힘들었을 때 절대자로부터 혹은 주위 친지들에게서 얼마나 많은 사랑과 도움을 받았던가. 어떤 형태로든 우리가 도움을 받지 않았다면 어떻게 살아남을 수 있었겠는가.

우리 몸과 인생의 상처는 보면서 아파하고 한탄하라는 표시가 아니라, 우리가 받은 사랑을 감사해야할 징표라는 생각이 든다. 그 사랑을 기억하라고 섬유화를 막는 방법이 아직도 발견되지 않는 것은 아닐까?

하나 되고 함께 하여 주고

얼마 전에 ≪닥터(The Doctor)≫라는 영화를 아들과 함께 다시 보았다. 꽤 오래 전에 나온 영화인데 여기서 주인공 닥터 맥키는 아주 잘 나가는 흉부외과 의사이다. 그는 자신만만하고 결단력이 있으며 매사를 신속히 처리하는 유능한 의사이지만 다른 사람의 마음을 배려하는 의사는 아니었다.

잘나가던 닥터 맥키는 기침할 때 피가 나오는 것을 경험하게 되면서 급작스럽게 후두암 선고를 받게 된다. 의사이면서 환자가 된 그는 꼼짝없이 병원의 모든 진찰과정과 의료진의 태도를 경험해야 되었다. 지나치게 복잡한 절차와 불친절, 필요 이상으로 사무적인 의료진들에게서 그는 실망과 분노를 느낀다. 또 여러 시술을 거치며 환자들의 고통과 불편을 점차 알아간다.

처음에 추천받은 방사선치료는 실패로 돌아갔다. 고민하던 그는 같은 병원에 있는 다른 이비인후과 의사를 찾아간다. 그 의사는 맥키가 평소에 무시하던 동료였다. 그러나 절박해진 맥키는 그 의사에게 수술을 맡기게 되고 그의 따뜻함에 감동을 받는다.

후두암 수술 직후 그는 목소리를 내지 못했다. 오랫동안의 절망스러운 시간들이 지나고 기적같이 음성을 회복한 그는 새로운 의사로 태어난다. 환자들이 어떤 심정으로 병원을 찾아와 대기실에서 기다리고 있는지 생생하게 이해할 수 있게 되었고 그들의 목소리에 귀를 기울였다.

닥터 맥키는 수련의들에게 지식의 전달 뿐 아니라 의사로서의 산 경험을 훈련시키기로 작정하고 수련의들에게 환자복을 입힌다. 그들은 환자가 되어서 병원 음식을 먹으며 환자들이 겪는 모든 시술 과정을 실제로 경험하게 된다. 어리둥절해 하는 수련의들이 환자의 심정을 온전히 알 수는 없겠지만, 그들은 훌륭한 의사들이 될 것이다.

영화를 보며 의사가 환자의 심정으로 하나 되는 것이 얼마나 중요한지를 다시 한 번 느꼈다.

하나 됨은 장기이식에서도 중요하다. 신장의 경우 기능이 10% 정도로 떨어지면 투석을 하지 않으면 생명이 위협받는다. 요즘은 투석 기술이 많이 발전되어 집에서도 할 수 있게 되었지만, 더 나은 삶을 영위하기 위한 치료는 신장이식이다.

근래 미국에서는 연간 약 1만7천 건의 신장이식이 이루어지고 있다. 이식이 필요한 환자에 비해 장기 기증은 턱없이 모자라 신장이식을 위하여 기다려야 되는 시간이 점점 길어지고 있다. 언젠가 인체 배아 줄기세포에서 장기를 대량생산하여 이식하는 날이 올지 모르겠다.

이식이 간단한 일은 아니다. 혈액형이 우선 맞고 조직 형이 상당히 맞아야 한다. 조직 형이 잘 맞고 신장을 기증자에게서 떼어내어 환자의 몸에 잘 붙였다고 해서 문제가 끝나는 것은 아니다. 우리 몸에는 본인의 것과 다른 모든 것은 몸 밖으로 밀어내려는 면역기능이 있기에, 신장이식을 한 사람은 면역억제제를 평생 복용해야 한다. 그렇지 않으면 환자는 거부반응을 일으켜 이식된 신장을 파괴한다. 면역억제제는 몸의 면역을 떨어뜨려 바이러스 감염이나 악성종양 발생 위험을 높인다.

이런 일들을 보면 우리 개개인의 몸이 얼마나 독특하며 자신과 다른 사람의 것이 하나로 동화되기가 얼마나 어려운지를 새삼 깨닫게 된다.

크리스마스가 다가오고 있다. 하나님이 인간을 찾아오심을 감사하는 절기이다. 콩팥도 거부반응을 일으키고, 의사도 환자의 심정을 헤아려 주기 어려운데 하나님은 인간과 하나 되기 위해 이 세상에 오셨다. 하나님이 우리와 같은 사람이 되셨는데, 왜 인간과 인간은 막혔던 담을 헐고 하나가 되지 못하는가.

진료가 끝난 어느 오후 병원 대기실에 앉아 환자의 심정으로 크리스마스트리를 바라보았다. 빨강, 초록, 금빛과 은빛의 장식들이 나무에서 반짝이고 있었다. 반짝이는 장식 속에서 "함께 하나 되고, 함께하여 주고, 베풀고, 용서하라"는 사랑의 캐롤이 들려왔다.

뇌수종과 평형

정기적으로 검진을 받고 건강관리를 잘하시던 분이 진료실에 오셨다. 80세쯤 되는 이 분은 건강식을 하고 운동도 많이 하며 젊게 살아오셨는데 요즘 들어 기억력이 급격히 저하되고 자주 넘어진다고 하셨다.

환자에게 걸어보라고 했더니 발을 넓게 벌리고 종종걸음으로 불안하게 걸었고 기억력 검사도 좋지 않게 나왔다. 처음에는 단순한 노인성 치매와 쇠약증이겠거니 했으나 상황이 심상치 않아 입원을 시켰다.

입원 후 촬영한 머리 사진에서 뇌수종이 발견되었다. 6, 7개월 전 넘어진 적이 있는데 그때부터 뇌수종이 생기지 않았나 생각된다. 만약 단순한 노인성 치매로 진단을 내렸다면 치료 기회를 놓칠 뻔했다.

우리 뇌와 그에 연결된 척추신경은 두 개의 얇은 막으로 싸여 있는데 그 둘 사이에는 뇌척수 액체로 차 있다. 딱딱한 두개골 안에 부드러운 조직인 뇌가 뇌수라는 액체에 둘러 싸여서 살짝 떠 있다고 생각하면 된다. 뇌가 두개골 안에서 뇌수에 떠 있기 때문에 1400gm이나 되는 무거운 뇌 조직이 밑으로 지나가는 신경이나 혈관을 압박하지 않는 것이다.

또 액체에 떠 있는 뇌는 갑작스런 충격이나 움직임에도 잘 보호가 된다. 동시에 뇌수는 뇌 조직에서 발생되는 노폐물도 제거해 주며 각종 화학적 평형을 맞추어 준다.

뇌수는 뇌에 있는 세포에서 만들어져 뇌실이라는 공간과 연결된 관과 척추를 통해 계속 순환되며 다시 흡수가 된다. 하루에 약 500cc 정도 생성되고 순환되며 흡수되는 과정을 반복한다. 그런데 이 생성 순환과 흡수의 과정에서 평형이 안 맞으면 뇌수가 쌓여 뇌수종이 된다. 너무 많아진 뇌수가 뇌세포를 압박하게 되면 치매가 생기고 걸음 걸이가 불안정해지며 소변을 못 가리게 된다.

이분은 가느다란 튜브를 뇌실에서부터 복강으로 연결하는 시술로 뇌 수압을 줄여 주었고 지금은 회복 중에 있다. 뇌수의 생성, 순환, 흡수 과정에서 평형의 비밀을 보면서 인간관계에서도 평형이 매우 중요하다는 생각이 든다.

인생은 사랑과 도움을 받고, 나누고 베풀 때 사는 맛이 나는 것이라고 했다. 사랑이 우리를 통해 흘러가면, 그것은 돌고 돌아 더 큰 사랑과 축복으로 우리에게 되돌아온다.

그렇다면 나는 사랑을 받으며 또 흘려보내면서 다른 이들과 사랑과 위로의 소통을 이루고 있는지 생각해 본다. 먼저 나 자신에게 다른 이들로부터 사랑을 받지 못하도록 닫아버리는 어떤 태도가 있었는가. 먼저 떠오르는 것이 비판적 태도였다. 부정적인 비판이 내 마음의 호수를 흐리게 하고 있음이 떠올랐다.

나의 실수는 웃음으로 가볍게 떨쳐버리고, 남을 인정하는 말과 사과의 말은 내 곁에 얼씬도 못하게 쫓아버렸다. 다른 이의 약점을 덮어주지 못하고 언제나 성급하게 지적한 일들도 후회가 된다. 사람보다 물질에 더 관심이 많았다. 사람을 얻는 일이 더 중요하다는 것을 망각한 채 나의 머리는 물질에 더 쏠렸다.

돌이켜 보면 나는 조물주와 주위의 좋은 분들에게서 과분한 사랑을 받고 있다. 그러나 과연 내가 받은 만큼 다른 이들에게 사랑을 잘 전해주고 있는지 다시 깊은 생각에 잠겨본다.

소리 없이 흐르는 깊은 강 같은 사랑을 나눠주기 위해서는 양보하고 희생할 수 있어야 하는데…. 죽고 사는 일도 아닌 작은 일에 왜 나는 양보를 못했던가. 차라도 한 잔 같이 하고 싶은 사람, 오래도록 알고 지내고 싶은 사람, 관대하고 부드러워 시원함을 주는 사람, 뿌리 깊은 나무 같은 사람으로 살아가야 할 텐데….

≪소학≫에 "평생 길을 양보해야 백 보에 지나지 않을 것이며, 평생 밭두렁을 양보해도 한 마지기를 넘지 않을 것이다."라는 말이 있다.

이제껏 넘치도록 받아 간직했던 사랑과 위로를 이제는 흘려보내야 하겠다. 기회를 만들어 사랑을 기다리는 많은 사람들의 메마른 삶에 아낌없이 나눠주는 한 해를 살리라 다짐해 본다.

열등감과 우월감 그 너머

미국에 새로운 리더십이 형성되었다. 우리 모두는 오바마 신임 대통령이 에이브러햄 링컨과 같은 위대한 대통령이 되기를 간절히 바라고 있다.

에이브러햄 링컨은 위대한 리더였다. 링컨이 위대한 것은 자기가 원하는 방식이 아닐지라도 참모들이 자기 나름의 방식으로 문제를 다룰 수 있도록 기꺼이 허락했다는 점이다. 링컨은 "사소한 차이점들은 그대로 놔두라. 그러나 편견이 존재한다면 반드시 없애라."고 말한 적이 있다 한다.

리더도 훌륭하지만 미국의 위대함은 국민들의 민주적 결정에 대해 순종하고 화합하며 단결할 줄 아는 데 있다고 믿는다.

지난 대통령 선거전은 뜨거웠었다. 그리고 모든 사람들이 같은 선택을 하지는 않았다. 그럼에도 대부분의 사람들은 결과에 승복하고 하나 된 마음으로 새로운 리더가 미국을 잘 이끌어 가도록 성원을 보내는 것 같다.

다른 사람의 말에 귀 기울이는 리더, 그리고 전체의 결정이 본인의 생각과 다르더라도 따라주는 구성원이 있는 사회는 반드시 자유, 평등, 정의의 꽃을 피우리라 생각된다.

나를 포함, 한인들이 모여서 회의를 할 때 보면 우선 회의 과정이 민주적이기 쉽지 않다. 그러나 더 힘든 것은 어떤 결정을 내리고 나서이다. 그 결정에 반대했던 사람들이 마음으로부터 승복하며 성원해 주지 않는 것을 흔히 경험한다.

우리는 원하지 않는 방향으로 어떤 것이 결정될 때 자신이 무시당했다고 생각하는 경향이 있다. 그리고 무시당했다는 생각은 우리의 인격적인 약점과 내면의 상처, 열등감을 자극하고 고통스럽게 만든다.

링컨은 힘든 유년기를 보냈다. 링컨의 어머니는 그가 9살 때, 또 누나인 사라는 19살 때 세상을 떠났다. 어머니가 돌아가신 후 아버지는 세 명의 아이가 딸린 여자와 재혼을 했다. 링컨은 비좁고 초라한 통나무 오두막에서 여러 식구들과 함께 생활해야 했다.

그로 인한 열등감과 낮은 자존감이 있었기에 링컨은 이를 보상할 수 있는 성공과 권력을 얻고자 매진했다. 그러나 링컨은 자기의 어두운 면을 잘 알고 있었고 예방 조치를 취했다. 그는 자신의 인격적인 약점들과 내면의 상처들을 예민하게 자각했다.

유명한 예로 그는 자신을 화나게 한 당사자에게 장문의 편지를 써서 분노가 가라앉을 때까지 반복해서 읽고 또 읽고 나선 편지를 발송

하지 않고 버렸다고 한다.

우리는 어떻게 열등감이나 지나친 우월감에서 해방될 수 있을까? 그 답은 모든 인간은 소중하며 평등하다는 생각에서 나온다고 믿는다.

"나 자신이 만물의 영장으로서 귀하다."고 생각할 때 우리는 열등감에서 해방될 수 있다. 동시에 다른 사람도 역시 똑같이 소중하다고 생각한다면 다른 사람의 의견에 귀를 기울일 수 있을 것이다.

나는 의사로서 힘들 때마다 "환자들의 고통에 동참하면서 손을 내밀어 도움을 줄 수 있는 것은 감사한 일이다."라고 생각하며 자존감을 갖는다. 그러나 때때로 의학의 한계에 부딪치는 순간 나는 겸손해진다.

자존감과 함께 겸손한 마음으로 가득 차 있을 때 환자들과 가족들의 여러 소리도 잘 소화시킬 수 있다.

일본 오사카에 있는 어느 노인 병원의 침대는 높이가 40센티미터에 불과해서 의사와 간호사가 무릎을 꿇고 환자와 이야기한다고 한다. 환자 앞에서 무릎 꿇고 이야기해도 전혀 어색하지 않고 그들을 위로할 수 있는 의사가 되기를 나는 바라고 있다.

Chapter 3

가족은 심장처럼

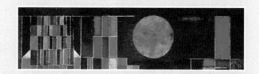

자유를 수호해 주신 김정구 소위님, 나의 아버님, 감사합니다. 어려움과 두려움이 몰려올 때마다 아버님처럼 용기를 내겠습니다. 김정구 퇴역 소령은 수여받은 은성, 화랑 무공훈장을 가슴에 달고 사진 찍기를 좋아하시지만, 조국을 위해 눈 속에서 사라져간 전우들을 생각하면서는 눈시울을 적신다.
"한반도에서 다시는 전쟁이 없어야 한다."라고 단호하게 말씀하시면서….

눈 속에서 피어난 생명

6월 25일이 되면 아버님이 들려주시던 이야기가 생각난다. 1950년 한반도를 적화통일하기 위해 북한 공산군은 기습적으로 남침을 감행하였다. 순식간에 국군은 낙동강까지 밀렸으나, 맥아더 사령관 주도아래 연합군이 인천상륙 작전에 성공하면서 단숨에 서울을 수복하고 계속 북진하였다. 국군이 압록강 물을 수통에 담으며 전쟁이 끝나는가 할 무렵 중공군은 100만 명의 인해전술로 아군을 밀어붙이기 시작하였다.

이때 김정구 소위는 소대장으로서 최전방전투에 임하고 있었다. 1950년 11월 하순부터 전세는 중공군에 유리하게 되어갔고, 국군과 연합군은 작전상 후퇴하기에 이르렀다. 김정구 소위가 속했던 3군단 7사단 5연대도 1월 초순, 평안도에서 강원도 춘천까지 후퇴하였다. 이 과정에서 7사단 3연대가 강원도 영월에서 중공군에게 포위당하는 사태가 벌어졌다. 중공군은 아군보다 3배 많은 병력으로 3연대의 보급로를 차단하면서 아군을 독 안에 든 쥐로 만들었다. 국군 7사단 3연대, 약 3,500명의 운명은 풍전등화였다.

다급해진 7사단장 김형일 준장은 훈련이 가장 잘된 부대원 30명을 차출하여 중공군의 포위망을 뚫고, 본부에서 100리가량 떨어져 있는 3연대장 정진 대령에게 작전 명령서를 전달하게 한다. 그러나 작전 개시 불과 몇 시간 만에 30명 전원이 전사했다는 소식이 날아들었다. 사태가 더 긴박해지자, 7사단장은 일선 전투경험이 있는 정보장교 1명과 호위병 2명을 뽑아 포위망을 뚫으라고 지시하였고, 김정구 소위가 차출되었다.

김정구 소위는 첫 번째 작전이 실패로 끝난 것을 잘 알고, 자신의 머리카락 한 줌과 손톱, 발톱을 깎아 이름을 쓴 봉투에 넣어서 사단장에게 드렸다. 사단장은 "여러분이 애국 애족하는 길은 살아서 돌아가는 것이 아니요, 죽어서 돌아가야 하는 것이다."라고 했다. 산모퉁이까지 배웅해 주는 오 대위의 눈에는 눈물이 가득 고여 있었다. 김정구 소위는 평소 읽었던 성경구절을 되뇌었다.

"두려워하지 말라. 내가 너와 함께 함이라. 내가 너를 도와주리라."

김정구 소위와 호위병 2명은 며칠 전 내린 함박눈으로 새하얗게 된 산등성을 미끄러지듯 달렸다. 적막 속에서 가끔 새소리와 나뭇가지 우는 소리만 들리는데 과연 중공군들과 맞닥뜨리지는 않을는지 긴장하며 고지를 하나 넘고, 두 번째 고지를 넘어갈 때 바로 옆에서 총소리가 "빵" 하고 터진다. 세 사람 모두 뒤로 나자빠지면서, "이젠 죽었구나." 하는 생각이 스쳐 지나간다. 그런데 정신을 차려보니 모두 살아 있고 주위는 너무나 적막하다. 살펴보니 너무나 긴장한 호위병이 본인의 총 방아쇠를 잡아 당겨서 난 총소리였다. 다시 일어나 달렸다. 넘어지며 달리며, 고지를 2개째 넘었다. 이제 하나만 더 넘으면 되는데, 멀리서 중공군들의 모습이 보인다. 호위병들은 가족들이 생각났던지, "김 소위님, 옆으로 도망갑시다. 이젠 정말 지쳤습니다. 계속 가다간 우리 모두 개죽음입니다."라고 말했다.

김정구 소위는 결단을 내렸다. 권총을 뽑아들고, "나를 따라오든지 아니면, 내 총에 죽든지 하여라. 여기서 우물쭈물하면 어차피 죽는다. 앞으로 전진 하는 길만이 우리도 살고 전우들도 사는 길이다." 마지막 고지를 넘을 때 적들의 소리는 들렸으나 마주치지는 않았다. 세 사람은 해 그림자가 어둑어둑해질 때 어느 동네 어귀에 도착하여 우물가에 매복하였다. 물 길러 나온 군인 한 명을 덮쳤더니, 아! 아군이었다. 곧 3연대장 앞으로 안내되었고, 연대장은 김 소위를 와락 껴안았다.

즉시 연락이 개통되었다. "사단장님, 3연대장 정진 대령입니다. 내일 새벽 작전명령대로 움직이겠습니다." 그날 밤의 달은 고향에서 보던 달처럼 유난히도 맑고 밝았으며, 그 속에서는 방아를 찧는 토끼와 어머니의 모습이 같이 보였다. 동이 터오며 중공군의 포위망은 허물어지고 있었다.

자유를 수호해 주신 김정구 소위님, 나의 아버님, 감사합니다. 어려움과 두려움이 몰려올 때마다 아버님처럼 용기를 내겠습니다. 김정구 퇴역 소령은 수여받은 은성, 화랑 무공훈장을 가슴에 달고 사진 찍기를 좋아하시지만, 조국을 위해 눈 속에서 사라져간 전우들을 생각하면서는 눈시울을 적신다.

"한반도에서 다시는 전쟁이 없어야 한다."라고 단호하게 말씀하시면서….

생각 바꾸기

아들 녀석이 의학계통의 연구에 참여한 모양이다. 학부에서 배운 엔지니어링을 의학에 접목시켜 보는 일의 일부분이라고 한다. 그러나 실무 경험이 적고 의학연구라는 게 깊고 방대해선지 끙끙 대고 있다.

나에게는 전혀 도움을 요청하지 않고 있는데 "엔지니어링을 모르는 아버지가 뭘 도와 줄 수 있겠냐?"라는 눈치이다. 나도 실상은 연구에 대한 생각을 하면 식은땀이 흐른다. 신장내과 임상 펠로우를 하는 동안 임상실험은 그래도 할만 했었지만, 기초 학문의 세포연구는 정말 이해하기 힘들었다. 필수수련 기간이었기에 억지로 했던 기억이 있다. 연구실 문 앞에 누군가가 이런 문구를 붙여 놓았었다. "이 문을 들어서는 자, 모든 희망을 버려라." 아마도 끈기를 강조했던 것이리라.

연구를 하려면 끈기도 중요하지만 고정관념에서 벗어난 가설을 세우는 것이 중요하다. 꽤 시간이 지난 이야기이지만 당시 "칼슘을 많이 먹으면 신장결석이 잘 생긴다."라는 것이 일반적인 생각이었다.

그래서 나와 신장내과 지도교수는 그렇지 않을지도 모른다는 가설을 세웠다. 그리고 신장결석이 잘 생기는 환자들을 두 그룹으로 나누어 한 그룹은 칼슘 알약과 칼슘이 많은 음식을 먹게 하고, 다른 그룹은 밀가루 약과 저 칼슘 식사를 하게 하였다. 2년 가까이 관찰한 결과 칼슘을 많이 먹은 사람들에게서 오히려 신장결석이 적게 발생하였다. 그 이유는 칼슘이 소장에서 신장결석 형성에 필요한 옥살산의 흡수를 줄여주기 때문에 신장결석이 시작되지 못한 것이었다.

고정관념에서 탈피하여서 이룩한 의학적인 발전은 수없이 많다. 그중에서 한국 사람들의 위에서 흔하게 발견되는 헬리코박터(Helicobacter Pylori)라는 박테리아가 있다. 이는 위암의 빈도를 증가시키는 것으로 생각되며 항생제로 치료를 한다. 과거에 위장이 나쁘면 항생제를 먹지 말라고 한 고정관념과 상반되는 치료이다.

의학뿐 아니라 살아가는 모든 면에서 고정관념을 깨는 것의 중요함을 이번 여름에 더 느꼈다. 이번 여름 우리 부부는 남매를 데리고 한국에 가서 팔순의 장모님과 백세 되신 외할머님을 찾아뵈었다. 매우 반가워하시는 두 분께 우리는 한국식으로 큰절을 올렸다.

장모님은 사시면서 많은 고정관념을 깨뜨리신 분이다. 6·25 전쟁 후 밥을 굶어 가면서도, 그 당시 여자들이 잘 진학하지 않는 대학교 화공과를 졸업하셨다. 평생 열심히 사셔서 경제적으로 여유가 있는 지금도 사는 방식이 좀 남다르다. 버스를 타고 다니시고, 옷은 주로 남대문시장에서 사신다. 그런데 내가 의료선교를 갈 때면 약품을 사라며 적지 않은 돈을 주시고 여러 선교사님들과 많은 장학금으로 도움이 필요한 학생들을 후원하시는 분으로 장모님이기 이전에 내가 존경하는 분이시다.

서울에서 오랜만에 만난 친구들은 이제 사회의 중심인물들이 되어 있었다. 보기에 별로 잘 해낼 것 같지 않았던 친구들 중에서 꾸준히 노력해 자기의 길로 바로 가고 있는 친구들이 있었다. 겉모습으로 사람을 판단했던 나의 고정관념을 뉘우쳤다.

한 친구의 아들은 미국에서 지낼 때 우리 집에 종종 놀러 와서 무척 귀여워했었는데, 어느새 미국대학을 졸업하고 한국 군대에 가 있었다. 그런데 이 청년이 행정병으로 복무하면서 그 부대에서 고등학교를 졸업하지 못한 병사 15명을 모아 놓고 검정고시 시험을 준비시켰단다. 이번에 14명이 합격되는 쾌거를 이루었다는 이야기에 마음속이 따뜻해졌다.

군대에 가서 복무하는 일만도 벅찰 텐데, 별도로 시간을 내서 동료들을 도와주었다니…. 이렇게 고정관념을 뛰어넘는 젊은이를 보며 우리 사회에 희망이 있음을 확인하였다.

그는 올해 의과대학에 원서를 넣고 기다리고 있다고 하였다. 이런 젊은이가 의사가 된다면 좋은 연구 결과가 많이 나올 것이다. 나는 흥분되어 한마디 했다.

"너 우리 사위하자."

25년이 지나서야

화사한 초여름, 캘리포니아의 결혼식은 너무나 아름답다. 이런저런 연결로 자주 참석하게 되는 결혼 피로연에서 "결혼한 지 얼마나 되셨어요?"라는 질문에 내가 벌써 올해로 '은혼식'을 맞는다는 걸 생각해 냈다.

요즘은 결혼 50주년 되는 금혼식, 60주년 회혼식을 하는 분들도 많으니 은혼식 하면 어린애들 장난 같은 기분도 든다. 하지만 25년이란 세월이 짧은 기간만은 아니었다. 살아오면서 미성숙했던 일들을 생각하면 어떻게 살아왔는지 얼굴이 화끈거리기도 하고 아찔한 생각까지도 든다.

20대 중반 결혼할 때만 해도 나는 내 자신이 상당히 성숙한 줄 알았는데 막상 결혼을 하고보니 골치 아픈 일들이 생각보다 많았다. 나와 아내가 서로 중요하다고 생각하는 것과 우선순위가 많이 다른 것이었다. 내가 중요시하는 것을 아내가 똑같은 비중으로 생각지 않을 때는 화가 나고 '나를 사랑하지 않는구나.' 하고 오해를 했었다. 세월이 지나 각각 개인마다 우선순위와 사랑의 언어가 다르다는 것을 알게 되었다.

부부 상담가인 게리 채프만 박사는 인간 누구나 고유의 언어나 모국어를 가지고 의사소통을 하듯, 사람들이 사랑하는 방식에도 독특한 언어가 있고 이를 통해 사랑의 감정을 전달한다고 한다. 그는 사랑의 언어를 '인정하는 말' '함께하는 시간' '선물' '봉사' '육체적인 접촉'의 5가지로 분류한다. 부부가 배우자의 제1의 사랑의 언어를 서로 알면 행복한 결혼 생활을 할 수 있다고 한다.

나중에 안 사실이지만 나의 제1의 사랑의 언어는 '함께하는 시간'이었고, 독립심이 강한 편인 아내의 제1의 사랑의 언어는 가정에 대한 '봉사'였던 것 같다. 사랑의 언어를 전혀 모르던 결혼 초기에, 아내는 나에게 집안일이나 본인이 원하는 일을 해결해 줄 '봉사'를 통해 사랑을 느끼길 원했던 것 같다. 업무에 피곤했던 나는 '봉사'는 생각지도 않고 아내가 나와 함께 아늑하게 있어 주기만을 바랐다.

가정과 직장에서 해결해야 될 일이 많았던 아내는 항상 나를 사려 깊지 못한 남자로 생각했으니 내가 전혀 사랑스럽지 않았던 것은 당연한 일이었다. 마치 중국말을 하는 사람과 독일어를 하는 사람이 한 집에 살았다고나 할까.

나의 사랑은 파랑새가 되어 날아가 버린 느낌이었고, '인생은 어차피 혼자 살다 가는 것'이라고 생각했었다. 사랑에 대한 미련을 버리고 그럭저럭 지나면서 언제부터인지 아내가 원하는 것을 곧잘 해주게 되었다. 그런 내가 사랑스러웠던지 아니면 늙어가는 내가 처량해 보였던지 요즘 아내는 나를 잘 따라주고 많이 사랑해 준다.

얼마 전에 이웃의 젊은 부부를 만났는데 그들은 결혼생활이 쉽지 않다고 우리에게 하소연을 했다. 그들은 몇 년 전 결혼한 맞벌이 부부인데 갓난아이를 키우는 게 보통 어려운 일이 아니란다. 직장생활로 바쁜 여자는 남편에게 집안일 봉사를 원하는데 남편은 직장에서 피곤한 몸을 이끌고 집에 돌아오면 아무것도 하고 싶지 않고 쉬면서 부인하고 단출하게 있기만을 원한다는 것이다. 그러니 서로 짜증만 나고 서로의 사랑이 식어지는 느낌이란다.

20여 년 전 우리 부부의 모습과 어찌나 똑같은지! 나는 씩 웃으면서 사랑의 언어에 대해서 일장 연설을 했다. 그리고 이렇게 중요한 것을 왜 모르느냐고 훈계까지 했다.

그랬더니 젊은 부인이 "선생님 내외같이 처음부터 잘 맞는 부부는 참 좋겠어요." 한다.

내 얼굴이 아내 보기가 미안해 화끈거린다.

결혼의 세월이 지날수록 동감되는 좋은 말들이 있다.

"오래 지속되는 진정한 사랑은 감정이 아니라 선택이다." "사랑이란 당신이 누군가에게 행하는 것이지 당신 자신에게 행하는 것이 아니다." "배우자가 사랑을 느낄 수 있도록 힘써 그의 사랑의 언어를 구사하도록 노력해야 한다."

이렇게 좋은 말들이 왜 25년이 지난 이제야 머리에서 가슴으로 전달되는 걸까.

가족은 심장처럼

추수감사절 때 각지에 흩어져 사는 가족들이 모였다. 아버님과 형제들, 조카들 그리고 그 외의 친척들이 우리 집에 모였다. 대식구가 반갑게 모여 잘 준비된 터키 요리로 추수감사 만찬을 나누었다.

어머님이 하늘나라로 가시고 난 후 형님 집에서 지내시는 아버님은 오랜만에 만나는 손자와 손녀들을 위해 일일이 용돈 봉투를 만들어, 한 사람씩 나와서 장기 자랑을 하는 조건으로 용돈을 나누어 주셨다. 처음에는 어색했지만, '끼' 있는 손자와 손녀들의 재롱과 솜씨로 한바탕 웃음꽃이 피었다. 중간 중간에 아버님의 엉뚱한 장기자랑이 펼쳐지자 모두 배꼽을 뺐다.

그러나 모두 마음 한 구석이 텅 비어있는 것 같은 눈치였다. 올봄에 세상을 떠나신 어머님에 대한 생각 때문이었다. 같이 계셨으면 얼마나 좋았을까. 감사절 전날 우리 형제들은 아버님을 모시고 어머님의 산소에 갔다. 비석을 닦고 어머님이 생전에 좋아하시던 찬송을 불러 드리고는 기도를 하는데 갑자기 통곡 소리가 들리는 것이 아닌가.

평소 좀처럼 눈물을 보이지 않는 아버님이 그날 통곡을 하셨다. 어머님 돌아가셨을 때도 "이제 천국에 가셨으니 감사한 것 아닌가?"라고 위로를 하시던 분이어서 우리 형제들은 모두 놀랐다. 지난날 어머님께 따뜻하게 못해 드린 것이 후회스럽고 미안해서라고 하셨다. 통곡에 담긴 깊은 뜻을 자식들이 어떻게 다 알랴마는, 험난한 세월을 같이 지낸 동지애도 들어 있으리라.

"효자보다 악처가 났다."라는 말이 생각난다. 아버님은 예전에 가족에게 잘 못해 주었다고 생각해선지 자식들에게 더 애틋하게 하려고 노력하신다. 우리 가족은 추수감사절을 지내며 가족이 사랑의 공동체임을 다시 느꼈다.

일반적으로 사랑을 그림으로 표시할 때 심장을 그린다. 심장은 가족과 비슷한 점이 많다고 생각한다. 심장은 좌우로 각각 심실과 심방이 있고, 방들은 특수한 근육과 섬유질로 연결되어 있다. 그리고 그 가운데에 자동전기발생장치가 있고 그 전기를 전달하는 독특한 전깃줄로 이어져 있다. 이 방들은 마치 가족들처럼 떨어지려야 떨어질 수 없는 관계이다.

심장 가운데에 있는 발전기에서 전기가 발생되면 정해진 순서에 따라 심방과 심실은 움직여 주어야 한다. 만일 이 순서가 흐트러지는 경우에는 불규칙한 박동인 부정맥이 생긴다. 일종의 불협화음인 부정맥이 생기면 심장은 피를 일정한 양으로 펌프질하지 못하게 된다.

그 결과로 뇌로 가는 혈액의 양이 모자라게 되면 어지럽거나 쓰러지게 된다. 우리 가족들이 규칙적인 심장 박동처럼 일사분란하게 자기의 역할을 감당한다는 것이 얼마나 중요한지 느낀다.

심장은 하루 평균 10만 번 이상 고동치면서 1초당 0.26초씩 휴식기가 있다. 뛰면서도 하루 6시간은 쉰다. 쉬는 시간이 있기에 오랫동안 잘 뛰는 것이리라. 이러한 시간들은 가족들과 같이 웃고 쉬는 시간에 해당된다고 본다.

70, 80년 동안 심장이 계속 뛸 수 있도록 자동전기발생장치가 작동한다는 것도 놀라운 일이지만 "무엇이 처음으로 심장의 박동을 시작하게 하는가?"는 신비로운 궁금증이다. 그것은 "가족을 움직이는 힘은 무엇인가?"라는 질문과 통할 것 같다.

나는 심장의 박동을 처음 시작케 하는 힘과 가족을 움직이는 힘은 같은 것일 거라고 생각한다. 그것은 우연히 맞닥뜨려진 번갯불 같은 전기충격이 아니라, 조물주가 불어넣어 주는 '사랑의 힘'이라고 생각한다.

이 추운 크리스마스 계절에 사랑이 우리의 심장에 불어넣어졌다. 심장이 힘차게 뛸 때 뜨거운 피가 온몸으로 흐르듯, 사랑의 공동체인 가족이 하나가 되어 화합을 이룰 때 우리의 가족에게 그리고 이웃으로도 사랑이 넘쳐나리라.

잘 살아보세

장인, 장모님의 금혼식 잔치가 있어 오랜만에 한국을 방문해 그리던 친지, 친구들을 만나며 꿈같은 시간을 보냈다. 요즘 어르신들은 오래 산다고는 하지만 이혼이 많은 시대에 장인, 장모님의 금혼식은 보기에 아름다웠고 홀로 되신 친구 분들은 무척 부러워하셨다. 부부가 사랑하기도 모자라는 시간에 싸우면서 보냈던 지난 세월들이 아쉽다는 두 분의 이야기가 마음에 여운을 남긴다.

바쁜 일정이지만 부산 해운대, 태종대, 동백섬을 거쳐 경주의 문화를 탐방하며 옛날 수학여행의 추억과 연애할 때를 더듬기도 했다. 초봄의 한국은 화려한 여인의 차림같이 만발한 벚꽃, 청순한 하얀 목련, 심장 색깔 같은 빨간 동백꽃들이 사랑스런 손짓으로 나를 반겨 주었다. 야산과 들녘의 진홍빛 진달래, 샛노란 개나리는 금수강산의 아름다움을 더해 주었다.

고국방문 기간이 마침 총선 기간이어서 가는 곳마다 선거 유세하

는 장면과 만났는데, 어느 정당의 노래 가사가 귀에 와 닿았다. "잘사
는 날이 올 거야"라는 가사였다. 당사자를 뽑아주면 잘사는 날이 온
다는 그 가사는 30~40년 전에 내가 한국에 살 때 늘 듣던 바로 그
내용이었다. 새마을운동의 깃발 아래 "우리도 이제 잘살아 보세"라
고 울리던 확성기의 소리. 그간의 노력으로 지금 우리는 감사하게도
경제적 부흥을 이루며 옛날의 배고픔과 추위에서 상당히 벗어나게
되었다.

그런데 서울에 올라온 나의 머릿속은 "지금부터 30~40년 후의 방
향은 어디로 가고 있는 것일까?"로 복잡해졌다. 다른 형태의 무거운
짐으로 다가온 인구 도시 집중화 문제, 공해, 교통 혼잡, 교육, 빈부
의 갈등 등. 그중에서도 가장 심각한 문제는 온전한 가정의 상실인
듯 했다. 많은 친구들의 가정은 깨져 있었으며 가정이래도 부부 사이
에 대화가 단절된 부부가 많았다. 부부가 사회 활동과 친구들과의
만남을 각각 따로 하고 있었으며 부부간에 같이 하는 모임이 드물었
다. 과중한 학업과 입시로 늘 시간에 쫓기는 자녀들은 부모와 대화가
부족하며 뿔뿔이 흩어지는 모래알 같은 가정들. 잘살아 보기 위해
부모, 자녀들 모두 경쟁적으로 열심히 뛰어 보지만 무엇을 위한 달음
박질이던가.

'잘살아 보세'라는 일념으로 달려온 우리가 정말 어떻게 하는 것이
잘사는 것인지 다시 생각해 보아야 할 때이다. 경제적 풍요와 잘사는
것이 반드시 비례할 것이라는 생각을 다시 한 번 돌이켜 보아야 할
때가 온 것 같다.

멀리 고국의 미래를 걱정하는 것도 중요하지만 내 자신을 돌아본다. '잘살아 보기' 위해 나는 미국에 와서 어떻게 살았는가. 물질적인 풍요를 위해 더 중요한 가치 있는 것을 놓치지는 않았는지? 가정을 얼마나 소중히 여겼는가? 왜 아내에게 좀 더 따뜻한 말로 다가가지 못했던가? 자녀들에게는 "너는 누가 뭐래도 나에게는 참 사랑스럽고 귀한 존재야!"라는 말을 왜 더 자주 해주지 못했던가.

자연을 사랑하고 지구를 보존하기 위해 작은 것을 하며, 일을 줄여서 수입은 줄더라도 규모 있는 생활을 하며, 가족들과 더 따뜻한 시간과 대화를 나누고, 하늘의 뜻을 더 깨닫고, 이웃 사랑하기를 내 몸과 같이 하지 못한 지나간 세월이 못내 아쉬워 가슴에 앙금으로 가라앉는다.

매서운 추위에서도 끝내 견디어 내고 자기의 색으로 피어나는 아름다운 꽃을 바라보며 더 따뜻하고 풍성한 봄을 기다린다.

아들을 대학에 보내며

졸업 시즌이 되자 주변에서 많은 축하의 소리들이 들린다. 우리 집에도 둘째 아이가 고등학교를 졸업하고 대학에 간다. 아이들을 키우면서 재미있었던 추억과 '잘 키우고 있는 건가?' 싶은 걱정으로 가슴을 쓸어내렸던 시간들이 필름같이 지나간다.

맏이인 딸을 키울 때는 교육을 잘 시켜야 된다는 마음에 너무 긴장해 있었다. 가능한 한 아이를 바쁘게 만드는 게 교육에 성공하는 길로 생각했다.

그래서 아이는 적성에 맞지 않는 것을 하느라 힘들었고, 우리 부부 또한 맏이에게 기대를 너무 크게 하여서 실망도 컸다.

딸이 사춘기 때 이상한 옷차림이나 장신구만 해도 '혹시 우리 아이가 불량아가 되는 것이 아닌가?' 하고 걱정을 했었다. 하늘의 달을 보며 길가에서 딸아이를 기다린 적도 여러 번 있었다.

그런데 지나고 보니 그것은 딸의 개성 있는 탐험이었고 성인으로 독립해 가는 귀중한 시도였다. 아내는 딸과 대화를 많이 하려고 노력했고 짧은 여행이라도 하면서 시간을 같이 보내려고 노력했다.

그런 과정을 거쳐 딸은 자기 길을 찾고 동부에 있는 대학으로 떠났다. 딸을 학교로 데려다 주며 감사의 마음과 더 사랑해 주지 못하고, 믿어 주지 못했던 미안함을 편지에 담아 건네주었다.

딸은 이제 부모에게 고마워하며 책임감 있는 대학생으로 성장해 가고 있다. 앞으로 제3세계를 돕는 일을 하겠다고 하니 감사할 따름이다.

둘째 아이를 기를 때는 아주 인상적인 조언을 해주신 두 분이 있었다. 한 분은 미국 할머니셨는데 "아이를 너무 훈련하고 가르치려고만 하지 말고 그냥 즐기라."고 하셨다. 또 한 분은 "자녀에 대한 사랑의 저장탱크가 사랑으로 가득 채워지기 전에는 절대로 아이들에게 야단을 치지 말라."는 소아과 의사였다.

같이 즐겁게 지내라고 아들을 나에게 맡겨주신 조물주의 뜻에 감사하며 아들의 존재 자체를 즐기려고 했다. 또 사랑의 저장 탱크에 사랑을 가득 채운다는 것은 말처럼 쉬운 일이 아님을 뼈저리게 느끼면서 그렇게 해보려고 노력했다.

아들에게 잔소리나 야단치는 일은 거의 하지 않았다. 드물게 한마디씩 했을 뿐이었다. 학교 빼먹고 바다로 파도타기 하러 가겠다고 할 때나, 숙제가 맘에 들지 않는다고 안 할 때도 참고 참으면서 아들이 부모로부터 사랑받고 있다는 것을 느끼게 해주려고 노력했다.

지난주에 졸업 감사 파티에서 아들 녀석이 감사하다고 말하는 내용을 들어 보았다. 무슨 거창한 내용이 아니라 숙제를 하라고 잔소리 안 한 엄마에게 고마워했고, 화를 내야 될 때 참은 아빠의 인내심과 사랑에 감사한다고 했다.

부모와의 좋은 관계가 아이의 성격형성에 좋은 영향을 주었다고 생각한다. 아들이 잘 웃고 다른 사람들과 재미있게 이야기하고 관계 형성을 잘하는 건강한 사람으로 자라 주어 감사할 뿐이다.

아들이 대학에 가서 한층 깊은 학문에 몰입하는 기쁨을 누리게 되기를 기대한다. 고소득을 보장해 주는 졸업장만을 얻는 것이 아니라 학문과의 만남을 통해 인간은 조물주가 만든 가장 귀중한 존재라는 깨달음을 마음 깊이 새길 수 있게 되기를 바란다. 아울러 폭넓은 지식을 배워 자존감과 자신감을 가지며 다른 사람들을 도울 수 있게 되기를 바란다. 동시에 우리는 다른 사람들의 도움과 절대자의 은혜가 없으면 살 수 없는 제한된 존재라는 겸손을 깨닫게 되기를 기도한다.

나는 집 떠나는 아들이 좋아하는 레몬 나무를 옆 마당 한쪽에 심어 놓았다. 그리고는 어서 속히 자라 싱싱한 열매를 맺기를 바라며 오늘도 물을 준다.

알로하오에

오랜만에 불효자가 하와이에 사시는 부모님을 찾아뵈었다.

하와이! 낭만과 사랑이 깃든 곳. 와이키키 해변 야자수 아래서 코발트 빛 바다를 보고 있노라면 부드러운 무역풍을 타고 사랑하는 님이 어느새 다가올 것만 같다. 그러나 저무는 석양을 바라보며 〈알로하오에〉를 부르면 향수와 슬픔에 빠져드는 사연 많은 곳이기도 하다.

이곳에는 다른 많은 한인들이 그렇듯이 우리 가족의 애환도 깃들어 있다. 홀로 미국유학을 오셨던 아버님은 하와이에 정착하셨다. 온 가족이 하와이에서 다시 합치기까지 수년간을 남은 가족 모두는 하와이를 그리며 살았다.

한국에서 의대 재학 중이던 나는 학업을 마치기 위하여 다시 가족들과 떨어져 어려운 시간들을 보냈다. 졸업 후 미국에서 정착을 못하고 있을 때, 와이키키 해변에 있는 야자수 밑에 누워 하늘을 쳐다볼 때가 종종 있었다. 나무 사이로 하염없이 흘러가는 하얀 구름이 고향

떠나 방황하는 내 처지 같았다. 또 팜트리 가시는 왜 그렇게도 따가웠는지!

하와이 한인 이민 역사는 110여 년 전으로 거슬러 올라간다. 하와이 사탕수수 농장 대표가 고종황제로부터 이민 허락을 받은 후 1902년 12월 22일 한인 121명이 제물포에서 미국 상선 갤릭호를 타고 하와이로 떠났다. 그날 뱃고동 소리는 구성지고, 떠나는 사람 보내는 친지들이 눈물바다를 이루었다고 한다.

사탕수수 노동자로 이민 첫발을 디딘 우리 선조들은 하와이에서 채찍으로 맞고 사탕수수에 찔리며 중노동을 했다. 그들 중 대부분은 노총각들이었고 그때 사진 결혼이 시작되었다. 첫 이민선 이래 10여 년이 흐른 후 사진 신부들은 신랑 만날 희망을 안고 태평양을 건넜다. 그러나 막상 하와이에 도착해 만난 신랑은 사진과는 영 딴판이었다. 나이도 더 많고 머리카락도 없고 볼품없는 아버지 같은 사람이었다. 뱃삯을 물어낼 수도 없는 가난 때문에 사진 신부들은 억지로 결혼해서 살게 되었다.

그런 상황에서도 열매를 맺은 애틋한 사랑의 이야기가 이언호 작가의 〈사진 신부의 사랑〉이라는 작품에 잘 그려져 있다. 그때의 사진 신부와 노동자들 중 독립운동 성금을 보낸 사람들도 많았다. 우리 가족은 이민 초기 사진 신부 중의 한 분이었던 고 양남수 할머님으로부터 많은 도움을 받았다. 그분을 비롯한 이민 개척자들에게 정말 감사드린다.

하와이에 첫발을 디딘 지 사반세기 만에 다시 와이키키에 와 보니 감회가 새롭다. 와이키키 해변에서 신혼여행 중인 부부를 만났다. 어떻게 만나게 되었느냐고 물으니 인터넷으로 만나 사랑을 싹틔웠다 한다. 하루에도 몇 시간씩 인터넷으로 이야기를 하다 보니 사랑이 영글어 결혼까지 하게 되었다고 한다. 현대판 사진 신부 이야기라는 생각이 든다.

세월이 흘러 통신기술은 바뀌었어도 사랑하고자 하는 사람들의 마음은 여전함을 느꼈다. 신부에게 신랑을 인터넷으로 보다가 실물로 처음 보았을 때의 소감을 물어 보았더니 많이 달랐다고 했다. 그렇게도 많은 시간을 이야기하고 화상으로 보아왔는데도 달랐다니, 참 재미있고도 의아했다. 우리 모두는 머릿속에 있는 백마 탄 왕자와 장미 같은 백설 공주를 기다리고 있는지도 모른다.

와이키키 해변의 모래는 아직도 곱고, 코발트색의 파도는 예전과 같이 끊임없이 미인들의 친구가 되어준다. 물가에서 뛰노는 아이들을 보며 우리는 가는 세월 속에서 늙지 않고 언제나 푸른 꿈을 가진 청년이기를 희망한다. 그러나 해변 앞에 있는 상점 거울 속에 비쳐진 나의 모습은 낯설기만 하다. 머리는 희어져 있고 얼굴은 왜 이리도 달라졌는가.

오랜만에 뵌 부모님의 모습에서도 이민 초기의 씩씩함은 없어지고 노인의 모습만이 역력하다. 해변에 앉아 지나간 세월들을 돌아보며 부모님과 같이 〈알로하오에〉를 불렀다.

떨어지는 해가 유난히도 붉게 보인다. 붉은 해가 잔 파도에 일렁거려 흔들려 보인다.

추억의 동네 올림픽

밴쿠버 동계올림픽에서 한국 선수들이 세계를 놀라게 하고 있다. 젊은 선수들의 꾸준한 연습, 새로 개발된 기술과 아낌없는 경제적 지원이 일구어낸 쾌거일 것이다.

얼마 전만 해도 생각하기 힘들었던 일들이다. 한국 사람인 것이 자랑스럽다. 선수들에게 진심 어린 축하를 보낸다.

부모 세대같이 어렵지는 않았지만 한국에서 자란 대부분의 50대들은 외국의 젊은이들이 하던 스포츠는 흉내도 못내 보고 자랐다. 그래도 나는 산동네에서 재미있었던 기억이 있다.

삼각산 밑자락, 세검정에서 자랐던 나는 어린 시절 겨울만 되면 소규모 동네 올림픽(?)을 하며 즐겼다. 올림픽은 눈이 많이 쌓인 다음에 시작되었다. 올림픽 마스코트는 눈사람. 우리는 나뭇가지나 숯으로 눈사람 얼굴에 코와 눈, 눈썹을 멋있게 장식해 주었고 모자도 씌워 주었다.

산동네 겨울 올림픽의 인기 종목은 대나무 스키타기였다. 대나무를 구하느라 멀쩡한 비닐우산을 일부러 망가뜨린 다음 어머니에게 허락을 받았다. 그리곤 우산의 기둥이었던 대나무를 반으로 토막을 냈다. 그 다음에는 대나무 막대 한 쪽을 연탄불에 달구어서 위로 휘어지도록 했다. 휜 쪽이 대나무 스키의 앞이 되는 것이었다.

스키를 신발로 밟고 반들반들해진 눈 언덕을 내려가는 것이 우리의 시합이었다. 스키를 묶는 바인더도 없으니 미끄러지기 일쑤였고, 그렇게 스키에서 나뒹그러져 우리의 관중이었던 바둑이와 부딪치게 되면 시합에서 지는 것이었다. 내동댕이쳐진 아이들도, 그들을 내려다보는 아이들도 얼굴에는 장난기와 웃음꽃이 만발했다.

스키타기가 시큰둥해지면 우리는 꽁꽁 얼어붙은 개울로 갔다. 동네 아이들은 갖가지 모양의 썰매를 가지고 모였다. 대부분 철사로 썰매의 날을 만들었지만, 어쩌다 여유 있는 집 아이들은 굵은 쇠 날로 된 썰매를 만들어왔는데 나는 그들이 얼마나 부러웠는지 모른다. 철사로 된 썰매는 아무리 힘을 써도 제일 앞서 달리기는 틀렸다.

썰매를 타다가 넘어지면 머리에 혹이 생기고, 얼음이 깨져 발이 얼음물에 빠지기 일쑤였다. 모두 발이 얼음물로 젖기 시작하면 올림픽 성화 같은 모닥불을 피웠다. 옹기종기 모여앉아 불을 쬐면서 양말을 말렸다. 그러다 불똥이 튀면 양말에 구멍은 왜 그렇게 잘 나는지, 어머니에게 꾸중들을 일이 걱정이었다.

땅거미가 어둑어둑 저녁놀과 함께 밀려오면 우리들은 까치발을 하고 집으로 들어갔다. 그 다음 날 일어나보면 양말은 따뜻한 난로 옆에 걸려 있고 구멍은 어머니의 솜씨로 완벽하게 꿰매져 있곤 하였다.

동네의 경제적 형편이 좋아지기 시작하자 동네 올림픽에 스피드스케이트와 피겨스케이트가 새로운 인기 종목으로 등장하였다. 새 스케이트를 타는 아이들도 약간은 있었지만 대부분은 청계천에 있는 운동구점에서 중고 스케이트를 사서 신었다. 신발 가죽이 헐었던 중고 스케이트를 들고 나는 얼마나 좋았던지 방안에서 이불을 깔아놓고 스케이트 타는 흉내를 냈었다.

경복궁의 작은 호수를 얼려서 만든 스케이트장에서 처음 빙판 지치는 법을 배우던 날, 엉덩이는 온통 멍이 들었다. 그 후에 나의 스케이트 실력은 일취월장하였지만 스케이트를 제대로 배운 기호에게는 언제나 코너링에서 떨어졌다. 아무리 기호를 따라 잡으려 해도 반짝이는 날의 기호의 스케이트는 언제나 나보다 빨랐고 나의 발꿈치에는 물집만 잡혔다.

그래도 경복궁 스케이트장에서 하루 종일 놀고 난 뒤, 차비를 떡볶기와 오뎅으로 바꿔치기 하고 터벅거리며 집으로 걸어가던 발걸음은 가볍기만 했다. 그 당시도 피겨스케이팅은 빙판의 꽃이었다. 하얀 피겨스케이트를 춤추듯이 타는 영희는 언제나 모두에게 선망의 대상이었다.

나에게 가끔 건강검진을 받으러 오시는 80대 중반의 순자 할머니는 평양이 고향인데 그 옛날 어린 시절 대동강에서 피겨스케이트를 타셨단다. 할머니께 "정말 인기가 좋았겠어요!" 하고 넌지시 말을 건네니 옛 영광을 상기하시는지 할머니의 얼굴에는 미소가 피어오른

다. 두 팔을 들고 한쪽 다리를 들어 올려 보시는 할머니의 자세는
아직도 꼿꼿하기만 하다.

놀멍쉬멍 꼬닥꼬닥

장인어른의 80회 생신을 맞이하여 한국을 방문했다. 조촐한 가족 모임 후에 우리 부부는 장인 장모님을 모시고 제주도로 떠났다. 이번 여행은 수박 겉핥기 식보다는 느릿느릿하게 여유를 갖고 제주의 속살을 꼼꼼히 둘러보는 여행을 하고자 하였다.

오랜만에 다시 찾은 제주도는 잘 정돈되어 길가에는 소철나무, 야자수 나무, 수국, 철쭉꽃들이 잘 어우러져 있었다. 유명한 관광지에서는 자원봉사자들의 친절함과 해박함에 놀라웠는데 유네스코 세계유산으로 지정된 '만장굴'에 대한 해설은 친절하고도 유익했다. 용암이 흐르면서 바깥쪽 용암은 굳고 속에 있는 뜨거운 용암은 계속 흘러나와 생긴 '만장굴' 안의 각종 무늬가 신비한 지하세계를 만들었다.

요즘 제주에서는 올레길 체험이 한창이다. '올레'란 자기 집 마당에서 마을의 거리로 들고 나는 진입로를 뜻하는 제주 방언이다. 제주도의 검은 현무암으로 쌓은, 집으로 가는 골목 올레는 집과 마을을,

나와 세상을 이어준다는 뜻을 담고 있다.

2007년부터 시작된 제주 올레 길은 기자로 은퇴한 서명숙 씨에 의해서 시작되었다고 한다. 일에 지친 그는 스페인의 유명한 '산티아고 순례길'을 걸었다고 했다. 예수의 열두 제자 중 한 명이었던 야고보가 복음을 전파하기 위해 걸었던, 프랑스 국경에서 시작해 피레네 산맥을 넘어 스페인의 북부 산티아고까지 이어지는 800km의 길이다. 그 '인생의 순례길'을 걸으면서 명숙 씨는 웃음을 찾았고, 고향 제주에 평화와 치유의 길을 만들기로 했다고 한다.

18개의 코스 중에서 우리들은 7번 올레길 코스를 걸었다. 사람들이 별로 없는 시간이었기에 바다도 보고 소나무 향기도 맡으며, 제주도의 조랑말 '간세'처럼 놀멍쉬멍(놀면서 쉬면서) 꼬닥꼬닥(느릿느릿) 걸었다. 조랑말을 나타내는 표지판, 또는 나무에 달려 있는 파란색, 황색 리본이 우리를 반갑게 안내해 주었다. 우리는 걸으며 지나간 이야기들을 두런두런 나눴는데 기쁨도, 슬픔과 서운함도 바닷가의 파도 소리와 화음을 이루고 있었다.

바닷가를 걷다 보니 큰 바위가 코발트 바다 위에 솟아 있고 큰 바위 앞에는 작은 바위가 정답게 누워 있는 곳이 나왔는데 '외돌개' 바위이다. 서 있는 바위는 바다에 나간 할아버지를 기다리다 망부석이 되어 버린 할머니 바위이고, 누워 있는 돌은 죽어서 할머니 앞으로 떠오른 할아버지라는 전설을 지니고 있다. 죽어서도 함께 한 두 분의 사랑이 너무나 애틋해서인지 할머니 돌의 눈가에는 물기가 있는 듯하였다.

더 앞으로 나아가니 절벽을 따라 용암이 굳어져 생긴 육각형 기둥들이 무너진 돌 위를 걷는 길이 나온다. 온통 무너진 돌과 기둥들이니 확실히 보이는 길이 없고, 시간은 늦어져 해는 뉘엿뉘엿 서쪽으로 기울어진다. "길을 맞게 가고 있는 건가?" 하는 걱정이 생길 때마다 나타나는 작은 파란색 화살표가 무척 반가웠다. 길을 잃고 헤매는 사람들에게는 작은 도움도 얼마나 큰 힘이 되는지를 깨달았다.

"일상으로 돌아가면 외롭고 헤매는 사람들에게 화살표가 되어 주리라."

한참 동안 돌길을 가다 보니 넘어지지 않으려고 밑에만 집중하여 걷고 있는 우리 자신을 보게 되었다. 우리는 잠시 멈추어 서서 석양의 하늘, 주위에 있는 검은 바위와 부서지는 하얀 파도, 절벽에 찰싹 붙어 있는 어린 소나무를 바라보았다. 자연은 저렇게 아름다운데 우리는 무엇을 향해 가느라 바닥만 보고 조급하게 걸어 왔던가.

얼굴을 간질이는 바람을 스치며 우리는 인생길처럼 오르막길, 내리막길을 걸어 아늑한 포구가 있는 마을에 닿았다. 어느 집 돌담 너머로 가족들이 도란도란 이야기꽃을 피우며 저녁을 먹는 모습이 행복하게 다가왔다.

"희망이란 본래 있다고도 할 수 없고 없다고도 할 수 없다. 그것은 마치 땅 위의 길과 같은 것이다. 본래 땅 위에는 길이 없었다. 걸어가는 사람이 많아지면 그것이 곧 길이 되는 것이다."라고 한 중국 작가 노신의 글귀가 떠올랐다.

수평선으로 해가 아스라이 떨어지고 있었다. 내일은 또 다른 희망의 태양이 떠오르리라.

아낌없이 주는 계절

크리스마스가 다가온다. 아무리 어렵고 추운 겨울이라도 크리스마스를 생각하면 훈훈해지고 위로가 된다. 아낌없이 주는 크리스마스의 정신 덕일 것이다.

아이들이 어렸을 때 〈아낌없이 주는 나무〉라는 동화를 여러 번 읽어 주었다. 나무는 자라서 없어질 때까지 어린이에게 놀이터가 되어주고, 그늘을 제공하고, 열매를 주고, 한동안 찾아오지 않던 어린이가 성인이 되어 집을 지으려고 할 때 목재가 되어주고, 다 잘려 외롭게 남아 있던 그루터기는 노인이 되어 찾아오는 인간에게 앉을 수 있는 의자가 되어주는, 정말 아낌없이 다 주는 나무의 이야기이다.

이 동화를 읽어줄 때마다 아들 녀석은 눈물을 흘리며 나의 이야기를 듣고 또 듣곤 했다. 그때부터 나는 아들이 자라서 아낌없이 사랑을 나눠주는 사회인이 되기를 바라고 있다.

의학자들 중에는 나무만큼, 아니 더 아낌없이 주는 역할을 했던 사람들이 많다. 퀴리 부인이 그런 사람이다. 그녀는 폴란드에서 가난하게 태어나 프랑스에서 수학한 끝에 위대한 물리학자가 되고, 우라늄에 관한 연구로 노벨 물리학상을 탔다. 방사능을 발생시키는 라듐을 발견했고 X레이 장비도 제조했다. 인류 최초로 방사성 동위원소를 방사선 치료 분야에 적용시키는 계기를 마련하였다.

퀴리 부인의 발견이 없었다면 현대의학의 발전은 어려웠을 것이다. 하지만 그녀는 연구하는 과정에서 방사선 노출이 심해 병자가 되고 66세로 생을 마감하였다. 더 놀라운 사실은 위대한 발견으로 가족이 큰 부를 축적할 수 있었는데도 돈을 받지 않고 발견 내용을 모든 과학자들이 사용할 수 있도록 발표하여 인류복지에 큰 공헌을 했다는 것이다.

뭔가 지식이 있으면 남이 알세라 혼자만 비밀리에 간직하여 개인적 이익을 챙기거나 아는 몇몇 사람에게만 알리는 우리의 좁은 소견을 훌쩍 뛰어 넘는 큰 사랑의 소유자였다.

크리스마스가 다가오면 이 세상에는 "사랑이 필요 없을 만큼 부유한 사람이 한 사람도 없고, 사랑을 나눠주지 못할 만큼 가난한 사람도 한 사람 없다."라는 말이 생각난다.

가끔 방문하는 양로원에 할머니 환자 한 분이 있다. 공부도 많이 하셨고 자식들도 훌륭하게 잘 키워 놓으셨지만 가는 세월을 막을 수 없어 양로원에 계신다. 저녁 시간에 갈 때마다 "식사는 했느냐? 얼마나 힘들겠냐?" 하시면서 앉으라고 의자를 내미신다.

크리스마스 때 뵈면 언제나 꼬깃꼬깃 숨겨 놨던 과자나 용돈을 꺼

내 주신다. 내가 사양하면 극구 가져가야 된다며 떠미신다. 할머니를 실망시키지 않기 위해 주신 과자나 음식을 먹으면 할머니는 나를 쳐다보며 좋아하신다. 주고 또 주고 다 주어서 한 줌으로 쪼그라드신 할머님의 모습이 나의 할머니, 나의 어머니의 모습이다. 할머니의 손을 잡고 눈을 쳐다보면 따스함이 전달되어 온다.

그런 따뜻한 마음들은 나를 성찰하게 만든다. 다른 사람들보다 의사 공부를 더 했으니 좀 더 대접을 받아야겠다는 생각이 무의식중에라도 내 속에 있지는 않을까. 다른 사람들과 나누기 전에 내가 조금 더 가져야겠다는 생각을 품고 있지 않을까. 양로원의 할머니 같은 분들을 만나면 나를 돌아보게 된다.

우리가 공부하고 돈을 버는 것이 이웃과 더 나누기 위한 것이라면 하는 일이 힘들지도 지루하지도 않으리라.

'아낌없이 주는 계절', 크리스마스 시즌에 나는 행복하다. 크리스마스가 가장 추운 겨울의 한복판에 있다는 것이 우연은 아니라는 생각이다.

다시 찾은 빅 애플

오랜만에 뉴욕을 찾았다. 뉴욕은 나의 치열한 미국 정착 생활이 본격적으로 시작된 곳이다. 부모님이 계셔서 잠깐 거주했던 하와이의 낭만과 남태평양의 보드라운 미풍과는 전혀 다르게 뉴욕의 겨울은 춥고 매서웠다.

짧은 영어에 자동차, 직장, 돈도 없었고 의료보험도 없었지만 나에게는 꿈이 있었다. 요즘도 어려움에 처한 사람을 만나면 한 그릇의 밥과 따뜻한 말을 건네고 싶은 마음이 생기는 것은 아마 그 시절의 고생 덕인 것 같다. 언어의 장벽과 여러 인종 사이에 끼어 두 배, 세 배의 일을 하느라 몸은 피곤했으나 나는 뉴욕에서 이민자의 꿈을 조금씩 이루어 갈 수 있었다.

내가 그때 뉴욕에서 살아남아 내과, 신장과 전문의 과정을 마칠 수 있었던 것은 노력하는 사람들에게 기회를 주는 미국 사회의 너그러움과 하늘의 도우심이었다고 밖에는 달리 표현할 말이 없다.

뉴욕 병원 수련의 과정 때 딸아이가 태어났다. 틈틈이 주말에 딸아이를 유모차에 태우고 센트럴 파크에 갔었다. 공원 안에 있는 호숫가에 거위들이 놀고 그 옆에서는 거리의 악사 할아버지가 바이올린을 켰다. 옛날의 영광을 생각하며 열정적으로 연주하는 할아버지의 바이올린 소리를 들으며 따스한 햇살에 잠드는 아이를 보면서 나와 아내는 한없이 행복했다. 그러나 지금 생각하면 딸의 유년기 때 더 많이 놀아주지 못한 것이 마음에 앙금으로 남는다. 피곤한 몸으로 집에 와서 아이를 안고 있노라면 따뜻한 체온으로 내가 먼저 골아 떨어지고 아이는 내 배 위에서 울어 대기가 다반사였다.

그렇게 내 품에 있던 딸아이가 어느새 훌쩍 커버려 성인이 되었다. 지금은 Reading Partners라는 단체에서 일을 한다. 어릴 때 계발된 책 읽는 능력이 한 개인의 학업능력과 사회 적응력에 지대한 영향을 준다는 것은 잘 알려진 사실이다.

Reading Partners라는 단체는 가정환경이 어려운 초등학생들 중 읽는 능력이 떨어지는 학생들을 위해 기업과 개인으로부터 기금모금을 하고, 관심 있는 학교와 연대하여 선생님들과 자원 봉사자들을 모집한 뒤 방과 후 특별 프로그램을 운영하는 일이다.

딸아이는 작년에는 샌프란시스코에서 일을 하더니 Reading Partners의 프로그램이 활발해져 그 일을 확대하려고 뉴욕으로 왔다. 유난히 어릴 적부터 책을 사랑하고 읽기를 좋아하며 다른 사람들 도와주기를 좋아하는 딸에게는 잘 맞는 일인 것 같다. 많은 사람들의 도움을 받고 지냈던 나의 미국에 대한 신세를 딸아이가 갚아주는 것 같아 감사하다.

딸은 뉴욕에서 제일 오래된 다리인 브룩클린과 맨해튼을 이어주는 부르클린 다리를 건너서 출퇴근을 한다. 1870년도에 시작하여 13년이나 걸린 이 다리는 설계자 로블링 부자가 모두 목숨을 잃어버린 희생 위에 세워졌다. 나와 아내는 딸아이와 같이 이 다리를 걸었다. 다리 밑으로 유유히 흐르는 강물과 석양에 보이는 자유의 여신상이 20여 년 전 하고는 사뭇 다르게 느껴지며 〈bridge over troubled water〉라는 노래가 생각이 났다.

그 노래의 가사에는 다음과 같은 내용이 들어 있다.

"… 힘든 시기가 닥쳤지만 주위에 친구가 없을 때 내가 엎드려 험난한 물살 위에 다리가 되어 드릴게요. … 어둠이 몰려와 주위에 온통 고통으로 가득 찰 때 내가 엎드려 험한 물살 위에 다리가 되어 드릴게요."

나는 내가 이민의 꿈을 이루어 간 이곳에서 딸이 자유와 꿈을 키워가며 어렵고 가난한 이웃을 위해 단단한 다리가 되어주기를 간절히 기도한다.

내가 만난 명문가 사람들

　미국에 새로운 대통령이 탄생하였다. 소위 말하는 명문가문에서가 아니라 자수성가한 흑인이 새로운 지도자가 된 것에 우리 모두는 기대와 희망을 가지고 있다. 이민자인 우리도 성공을 하거나 자식이 잘되는 것을 보면 명문가문이 되는 것 같아 은근히 자랑스러워하는 경우를 본다. 진정한 의미의 명문가란 어떤 것일까.

　나는 작년에 인도네시아를 짧은 기간 방문할 기회가 있었다. 찾아 간 곳은 지구의 끝이라고 느껴질 만큼 오지였다. 싱그럽고 울창한 나무, 매미 소리, 들 피리 소리는 나를 반겨주는 합창곡 같았다. 하지만 땀이 줄줄 흐르는 적도의 무더위와 모기들은 매섭고 따가웠다. 나는 그곳에서 닥터 웬들 기어리와 폴 기어리 부자를 만났다. 대를 이어 희생과 헌신으로 필요한 곳에 사랑을 나눠주는 그들을 보면서 이 가문이야말로 진정한 명문가란 생각을 했다.

　아버지 웬들 기어리는 외과의사이다. 미네소타에 살던 그가 간호

사인 부인과 함께 인도네시아의 보르네오섬 밀림지역으로 간 것은
40년 전이었다.

그곳 척박한 땅에 원주민들을 위한 작은 진료소를 시작한 것이 지
금은 병상이 100개가 넘는 큰 병원이 되었다. 병원 이름은 '베데스다'
–'긍휼의 장소'라는 뜻이다. '긍휼의 장소' 는 종교나 종족에 관계없
이 모든 환자들에게 열려 있다.

뜻이 훌륭하다고 처음부터 병원이 쉽게 자리 잡은 것은 아니었다.
처음에 병원을 한다고 했을 때 원주민들은 색안경을 끼고 바라보며
비협조적이었다. 죽을병에 걸린 환자를 수술해 주어도 경과가 안 좋
으면 의사 때문에 죽었다는 누명을 덮어 씌웠다.

비가 많은 고장이라 물난리로 건물은 망가지고, 툭 하면 진흙땅에
차가 빠져서 나오지를 못하고, 자신은 말라리아에 걸려 온몸이 불덩
이처럼 된 참담한 상황도 때때로 있었다. 필요한 식량과 의약품이
떨어져 가는 절박한 상황도 많았다. 신기하게도 어려움이 생길 때마
다 돕는 손길들이 있어 버텨 나갈 수 있었다.

그곳에 전기가 없는 것을 안 친구들은 병원 부근 산정의 호수에서
물을 내려 터빈을 돌리는 자그마한 수력발전을 만들어 주었다. 또
급한 경우에 사용되는 세스나 7인용 경비행기가 이착륙할 수 있도록
짧은 활주로를 병원 앞에 만들어준 손길들도 있었다.

아들 폴은 인도네시아 밀림에서 태어나 그곳에서 어머니의 홈스쿨
링 지도를 받으며 고등학교 때까지 지냈다. 미국에서 대학과 내과의
사 수련을 마친 후 안정된 생활을 할 수 있을 즈음 다시 인도네시아로

들어갔다.

지금은 그가 아버지의 뒤를 이어 병원을 운영하고 있다. 그에게도 어려움은 예외 없이 찾아왔다. 피 비린내 나는 부족 간의 싸움으로 부상당한 사람들을 치료해 주다가 두 부족 사이에서 오해를 받고 양쪽으로부터 억울한 일을 당하기도 했다. 부인이 갑상선 암에 걸려 항암치료를 받기도 했고, 9·11 테러 사태 후 외국인은 떠나라는 압력도 받았다.

그러나 그는 그동안 도움을 받은 주민들의 위로와 뜨거운 신앙으로 그 자리를 지킬 수 있었다. 4명의 자녀들은 인도네시아에서 문명의 혜택은 적지만 부모님들의 희생과 사랑의 정신을 흠뻑 받으며 건강하게 자라고 있다. 나는 베데스다에서 닥터 기어리를 도와 새벽부터 밤늦게까지 응급실, 병실, 외래에서 가난하고 아픈 사람들을 돌보았다. 짧은 시간이었지만 닥터 기어리 부자의 발자취와 심정을 체험하며 마음으로 느꼈다.

빡빡한 방문 일정 때문에 일행들과 나는 마지막 시간까지 일하고 세스나 비행기로 정글을 떠났다. 밑에서 손을 흔들어대는 병원 직원들의 모습이 아련해지고, 비행기 아래로 보이는 정글 속의 마을은 너무나 아름답게 멀어져 갔다.

나는 크게 외쳤다.

"두 분 기어리 박사님, 존경합니다!"

Chapter 4

생명의 강

위대한 자연은 끊임없이 파도를 보내준다. 사람이 파도를 일으키려고 노력할 필요가 전혀 없다. 오직 위대한 분이 보내주는 파도를 즐기기만 하면 되는 것이다. 파도 타는 모든 과정이 인생살이 같아 보인다. 기회가 와도 못 타는 사람, 오는 파도를 마냥 즐겁게 탈 수 있는데도 자기가 파도를 일으키려고 발버둥 쳤던 나 같은 사람도 있다.

파도는 타기만 하면 된다

어릴 때는 차편을 제공해 주느라, 요즘은 내가 궁금해서 같이 간다.

가는 곳은 뉴포트비치이다. 20분 정도면 바다에 도착을 하니 캘리포니아에 사는 것이 축복이다. 먼동이 틀 무렵이어서 아직도 희미한 때에 아들 녀석은 길가에 세워둔 차들 사이에서 고무 옷으로 갈아입는다. 제주도에서 해녀들이 입고 있던 고무 옷보다는 훨씬 더 알록달록하다. 캘리포니아 해변의 아침은 알래스카 한류로 인해 언제나 싸늘하다. 옷을 잔뜩 껴입고 있는 나는 몸이 으슬으슬한데도 아들 녀석은 고무 옷을 입으면서 즐거운 표정이다.

고무 옷을 다 입은 아들 녀석은 친구와 함께 약간의 준비운동 후 아직도 차가운 모래를 밟고 바닷물을 향해 걸어간다. 물에 들어가기 직전 마지막으로 하는 과정이 더 있다. 고무 옷을 입은 채 소피를 보는 것이다. 그러면 따뜻한 액체가 고무옷과 피부 사이에 아주 따뜻한 막을 형성해서 상당히 좋단다. 아, 사람의 분비물이 이렇게까지 유용할 줄이야. 그리고는 서프보드를 가지고 깊은 바다를 향해 헤엄쳐 들어간다.

나는 물가 백사장에서만 맴돈다. 캘리포니아 바다는 한참 더운 여름철 대낮에도 15분 이상을 버티기가 어려운 곳이다. 더구나 추운 새벽 겨울바다에 따라 들어간다는 것은 나에게는 자살행위나 마찬가지이다. 거기다가 나는 서핑을 안 배웠다. 아니 못 배웠다는 말이 맞다.

아들 녀석이 7세 때 가족들이 하와이로 휴가를 간 적이 있었다. 서핑을 가르쳐 주는 클래스에 들어가서 아들, 딸 그리고 나 이렇게 같이 배우기 시작했다. 아이들은 반나절이 지나니까 서프보드를 올라타고 파도 위에 짧은 시간이나마 서있는데 나는 서프보드 위에 중심을 잡고 엎드려 있기도 힘들어 홀랑홀랑 뒤집어지고 물만 먹고 있었다. 나는 안간힘을 다해 이틀 동안 발버둥을 친 끝에 포기했다. 서프보드 위에 엎드려 파도를 향해 저어가는 사람들이 존경스러웠다. 한국에서 스케이트보드나 스노보드 한번 못 타고 자란 사람이 어떤 보드는 중심을 잡겠는가.

그 후 아들 녀석은 서핑 실력을 꾸준히 발전시켰고 나는 백사장을 걷는 신세가 되었다. 그러나 백사장을 거닐며 서핑 하는 것을 보는 것도 아주 재미있다.

시간이 조금 지나면 서프보드를 타고 있는 사람들이 하나씩 늘어나 바다에는 까만 물개 집단들이 몰려 있는 것 같다. 서핑 하는 사람들 사이에 보이는 은빛 파도는 연어들이 넘실대는 것 같다. 여명이 터오는 캘리포니아의 아침은 희망 차 보인다. 새벽이어야 파도가 일정하게 밀려들어오기 때문에 서핑하기에 아주 적당하단다. 파도는 끊임없이 밀려오지만 모든 파도가 다 서핑을 즐길 수 있는 것은 아니란다. 제각기 자기에게 맞는 파도를 기다린다. 높이와 모양이 자기에게 맞는 파도가 오기 시작하면 재빨리 몸을 돌려 파도와 같은 방향으로 물을 헤치고 나가기 시작한다. 그리고 파도가 자기 보드에 올 때쯤 재빨리 몸을 일으켜 밀려오는 파도의 앞쪽에 보드를 맞추면 보드가 파도의 힘에 의해 밀려나가기 시작한다. 몸과 발로 보드의 방향을 틀어가면서 파도 위에서 가급적이면 쓰러지지 않고 오랫동안 앞으로 나갈수록 고수이다.

위대한 자연은 끊임없이 파도를 보내준다. 사람이 파도를 일으키려고 노력할 필요가 전혀 없다. 오직 위대한 분이 보내주는 파도를 즐기기만 하면 되는 것이다. 파도 타는 모든 과정이 인생살이 같아 보인다. 기회가 와도 못 타는 사람, 오는 파도를 마냥 즐겁게 탈 수 있는데도 자기가 파도를 일으키려고 발버둥 쳤던 나 같은 사람도 있다.

어떤 때는 갑자기 바닷물이 아주 잔잔하여져서 파도가 전혀 안 일어날 때가 있다. 그때는 모두 보드 위에 걸터 올라앉아 마냥 기다린다. 시간이 길어지면 옆에 있는 사람들과 이야기를 하며 지루함을 달랜다. 잘 참고 기다리는 것도 실력이다.

파도가 일어나지 않을 때 끈질기게 기다리는 서핑하는 사람들을 보면서 요즘이 기다림을 배울 때가 아닌가 싶다. 오래지 않아 기다리던 신나는 파도가 올 것이다.

콩팥의 이민생활

신장이식을 받고 그 이전의 삶보다 더 활기차게 소신껏 살아가는 분을 만날 때면 그 분의 투병생활 앞에 겸손한 마음이 된다. 한편 이식되어 와서 새로운 주인 밑에서 묵묵히 일하고 있는 신장이 기특하여 쓰다듬어보기도 한다. 이식되어온 신장은 마치 미국으로 건너온 이민자들 같다는 생각에 잠겨 나는 잠시 콩팥이 되어본다.

강낭콩을 꼭 닮은 나는 눈에 띄게 재주가 있다거나 뇌가 지니고 있는 지능을 지니지는 못했으나 보통의 재주와 남다른 성실성이 자산이다. 몸집은 작아서 어른들의 한주먹 크기이며 몸무게는 250gm 밖에 나가지 않는다. 주인의 허리 뒤쪽에 숨어있는 나의 임무는 1분당 심장에서 뿜어져 나오는 5리터 혈액의 25%나 되는 피를 쉴 새 없이 깨끗하게 해주는 것이다. 불필요한 찌꺼기는 방출을 하고 몸에 필요한 영양분과 전해물질은 다시 흡수 하여 주인 몸의 평형을 유지해준다. 그러나 많은 이들은 나의 힘든 일을 알아주기는커녕 당연한 것으로 여기고 있다.

피를 걸러주는 일 외에 적혈구를 만들어 주도록 골수를 자극하는 에포겐이란 호르몬을 분비하며, 칼슘과 인의 평형을 잡아주며, 비타민 D의 활성화를 돕는다.

한때는 굴곡 없이 편안하게 살고 있었는데, 유능했던 나의 주인이 교통사고로 돌아가시면서 내 삶도 꼬이게 되었다. 뇌사 상태에 빠진 주인의 가족들은 아직도 쓸 만한 나를 젊은 사람에게 옮겨주기로 한 것이다.

나도 어차피 기울어져 가는 운명의 주인에게 안주하느니 살길을 찾아 떠날 수밖에 도리가 없었다. 정든 곳을 떠나면서 반대쪽 콩팥에 속한 형제, 자매들과 생이별을 하였다. 그중 다행한 것은 내 속에는 실핏줄로 뭉쳐진 100만 개의 사구체, 이민 동반자들이 있었다.

100만이나 동행하여 새로운 곳에 정착할 수 있다는 사실에 위로는 받았지만 새 터전의 이민 생활이 쉽다는 것을 의미하지는 않았다.

낯설고 물 설은 곳에 와서는 생김새, 언어, 문화가 다르다는 이유로 항상 소수 계 이민자로 따돌림의 대상이 되었다.

이식된 나는 언제나 외부 침입자로 분류되기에 주인의 몸에서는 자신을 보호하려는 '자가 면역'이 끊임없이 나를 밀어내기 위해 공격을 해 왔다.

이런 공격을 조금이나마 중재해준 것은 면역억제제였다. 새로운 면역억제제는 이식받은 주인의 몸에 있는 면역체계와 새로 이식되어온 나에게 서로 이해하며 같이 살아가도록 도와주었다. 여러 가지 약의 부작용쯤은 감수해야 했고, 면역으로부터만 공격을 받는 것이 아니라 각종 바이러스와 감염의 위험에도 노출되었다.

또 다른 문제는 걸러진 오줌이 내려가는 요관이 막혀 대대적인 하수도 공사를 해야 되는 경우였다. 남들이 찡그리는 더러운 일은 나의 몫이 되곤 했다.

시작된 여정에 언제나 역경은 있었으나 세월은 약이 되어 이식을 안정시켜 주었다. 안정이 일의 양을 줄여준 것은 아니다. 오히려 주인의 몸에서 하나뿐이기에 보통 감당해야 하는 일의 2배를 해오고 있다. 지금도 과중한 노동으로 나의 몸은 부서질 정도로 힘들다. 그럼에도 사람의 생명을 살리는 일에 내가 쓰임을 받고 있다는 생각에 힘이 솟아난다.

육신은 점점 힘들어지건만 마음은 새털처럼 날아갈 듯 기쁘다. 그 기쁨은 우리의 2세들이 이 땅에 당당하게 자리를 잡아간다고 생각하면 더욱 또렷해진다. 나의 주인은 결혼해서 콩팥이 건강한 2세를 낳을 것이다. 그렇다고 후손들에게 걱정이 없는 것은 아니다. 안정적으로 이식되어진 콩팥도 당뇨, 고혈압과 같은 지병으로의 공격을 받는 것처럼 이민자들의 2세들은 이 땅의 무절제, 극도의 이기주의, 타락, 가정파괴 등의 공격을 어떻게 대처해 나갈지 마음이 무거워진다.

매년 1% 이상씩 기능이 감퇴되는 신장의 운명처럼, 세월이 지나면 이주해온 우리들도 사라질 것이다.

그럼에도 끝까지 내가 감내하는 일이 보람된 것은 이민동료들과 함께 사람의 생명을 살리는 일에 조금이라도 기여하기 때문이다.

이 땅의 이민자들이 하는 대부분의 일들이 인간성을 존중하는 일이 아니고 무엇이겠는가?

"살만한 이유를 잃어버렸다."라는 이기적인 말은 우리가 반기는 말이 결코 아니다.

우리가 하는 일이 사람의 생명을 살리고, 살아난 사람이 그 가족과 친구를 위하여 자리를 지켜만 주어도 얼마나 큰 기쁨인가?

신장이식을 절실하게 기다리는 많은 내 주인의 친구들을 생각하며 이민 온 이곳에서 기꺼이 맡겨진 일을 감당하련다.

우리는 모두 챔피언

　지난달 올림픽 중계를 보면서 많은 감동을 받았다. 금메달을 목에 거는 선수들마다 감동적 스토리가 없는 사람이 없겠지만 타고난 신체적 열세를 눈물과 땀으로 극복해 메달을 따낸 선수들에게는 더욱 뜨거운 갈채를 보내게 된다.

　그런가 하면 선천적 신체 조건이 워낙 월등해 좋은 성적을 낸 선수들이 마냥 부럽기도 했다. 이 세상에는 원한다고 해도 바꿀 수 없는 것들이 많다. 친한 친구가 암에 걸렸다는 안타까운 소식을 전해 왔다. 무엇이라 위로를 해야 하나? 문득 몇 해 전 아내가 암에 걸렸을 때가 떠올랐다.

　날로 늘어가는 암이라는 병에는 유전적인 요소와 환경적인 요소가 늘 같이 작용한다. 미국인 3명 중 1명이 일생 사는 동안 암에 걸린다는 보고가 있다. 암을 조사하는 연구에 의하면 약 90% 정도가 환경적인 원인이라 한다. 유전은 선택의 여지가 없지만 우리의 환경을 보호하고 더불어 살아가야 하는 이유가 여기에 있다.

처음 아내가 진단을 받았을 때 충격이 너무 컸다. 성공이라는 모든 교만의 바벨탑이 무너지는 순간이었다. 그동안 바쁘게 살면서 성공을 위해 아내를 고생시킨 것이 후회가 되었다. "무엇을 잘못했는가? 무슨 죄가 숨어 있었던가?" 하는 죄책감으로 괴로웠다. 건강검진도 자주 배려하지 못한 것이 미안하고 의사로서 다른 이들에게 너무나 부끄러웠다.

아내가 암에 걸렸다는 소식에 가깝게 지내던 분들이 오히려 어색해 하며 연락을 잘 못했는데 우리는 오히려 자연스럽게 대해 주는 분들이 좋고 편안했다. 그런가 하면 찾아오셔서 자꾸 상황을 해석하려는 분들이 계셨다. 가령 "무엇인가 잘못했거나 죄로 인해 저주를 받아 병에 걸렸을 것"이라는 생각에 기초한 해석들이었다.

안 그래도 죄책감에 싸여 있는 우리에게는 보통 괴로운 일이 아니었다. 어찌 세상사를 인간이 다 설명할 수 있으랴. 환경을 망가뜨려 암에 걸리게 한 장본인은 우리 모두이다.

환자의 이야기를 아무 말 없이 어떠한 선입견이나 판단 없이 잘 들어주시는 분들이 감사했고 사려 깊은 사랑을 느꼈다. 무조건 "치료가 잘 될 거야."라든지 "괜찮아, 그까짓 것 아무것도 아니야."라는 맹목적인 위로도 사실은 도움이 되지 않았다.

또 많은 분들은 이것이 좋다 저것이 좋다 하며 말씀하시는데 의사인 나도 헷갈리며 정신이 없었다. 신빙성을 잘 조사해서 현실적으로 가능한 것을 추천해 주신 분들이 고마웠다.

아내의 투병이 장기화하면서 지속적인 관심은 점차 사라졌지만 꾸준히 연락하는 분들에게는 항상 진한 감동을 느꼈다. 옆에서 간호하는 배우자나 가족도 배려해 주는 사려 깊은 분들도 있었다. 하지만 "도움이 필요하면 언제든지 연락해!"라고 말하는 사람에게는 실제로 연락할 마음이 생기지 않았다. 구체적으로 "교통편이 다음 주 언제 필요하지?"라든가 "내일 식사는 내가 가져올까?"라고 실질적 도움을 제시했던 분들이 고마웠다.

'인간은 이 땅에서 영원히 살 수 없는 존재'라는 체험은 우리를 겸손하고 깊어지게 만든다. 아내의 투병으로 인생을 다시 생각해 볼 수 있었으니 얻은 것이 많다. 지금은 건강해진 아내와 이런 대화를 나눈다.

"옛날에는 중요하다고 붙잡고 있던 욕심들을 다 내려놓으니 너무나도 마음이 홀가분하다. 죽음과 삶보다 중요한 것이 무엇이란 말인가? 하루하루 숨 쉬고 세끼 식사를 잘 할 수 있으니 감사할 뿐이다. 그러니 죽을 때를 모르고 이리 뛰고 저리 악쓰고 살 때보다 얼마나 인생의 깊은 맛과 기쁨을 맛보고 사는 것인가?"

순간순간이 새록새록 귀하고 아름답게 느껴진다. 아쉬움도 사라졌다. 죽음은 삶의 단절이 아닌 다른 세계에서의 삶의 연속이란 생각이 드니 어디서든 마음의 여유가 생긴다.

올림픽 챔피언만이 챔피언이 아니다. 생각과 태도를 매일 조금씩 바꾸어서 삶의 깊이를 더하고, 다른 사람을 조금이라도 더 위로하고 사랑할 수 있다면 우리는 모두 인생의 챔피언이 될 수 있다.

가난과 질병의 나루터에

세계적으로 인플루엔자 A형(H1N1)이 유행하고 있을 때 나는 한국을 방문하였다. 인천공항에서는 인플루엔자 관련 증상의 기록을 의무화하고 있었고 적외선 탐지기로 열이 있는 사람을 조사하였다. 전염성이 강한 이번 바이러스는 사람과 조류 인플루엔자, 그리고 두 가지 돼지 독감 바이러스가 뒤섞인 형태의 신종 바이러스라 한다. 손을 자주 씻고 몸이 피곤하지 않게 하며 수분을 충분히 섭취하면 예방에 도움이 된다.

그러나 사실은 이번 바이러스만이 아니라 각종 박테리아나 바이러스가 계속 저항균과 변종을 만들어 왔다. 결핵균도 그중의 하나라고 말할 수 있다. 새로운 저항성 결핵이 다시 미국, 한국을 포함한 선진국에서 부쩍 증가하고 있다.

아직도 전 세계에는 20억 명의 결핵균 감염환자가 있다. 몇 년 전 결핵이 유난히도 많은 인도네시아 보르네오 섬의 오지 마을을 찾아

갔던 일이 생각난다. 이 마을에 결핵이 많은 것을 알고 나는 일을 도와줄 청년과 함께 오렌지카운티 보건소에 가서 결핵균 진단 요령을 다시 복습했다. 그리고 미국 자선단체의 도움으로 상당량의 결핵약을 구해 가지고 오지로 갔다. 짧은 기간이나마 환자들을 진단해 주고 선교사님에게 약을 넘겨주고 현지 보건소와 연결을 시켜 주는 일을 했다. 그렇지만 턱없이 부족한 인력과 자원에 안타까운 마음으로 돌아왔었다.

나는 이번 방한 중 양화진에 있는 외국인 선교사 묘원을 참배하는 기회를 가지면서 한국의 결핵퇴치를 위해 지대한 공헌을 한 가족을 새롭게 알게 되었다.

양화진은 한강변에 있던 3대 나루터이자 군사기지였다고 한다. 그 언덕에 500여 명의 선교사를 포함한 외국인의 무덤이 있다. 그분들 중에 1933년 세계 최고(?)를 자랑하던 조선의 폐결핵과 싸울 요양원을 세우고 결핵퇴치 운동을 벌인 분들이 닥터 홀 선교사 가족이란 것을 알게 되었다.

닥터 로제타는 몇 년 먼저, 그 남편 닥터 윌리암 제임스 홀은 1891년 한국 땅을 밟았다. 닥터 윌리암 제임스 홀은 한국에 온 지 2년 만에 청일전쟁으로 잿더미로 변한 평양에서 수많은 사람들을 치료하다가, 자신도 발진디프스로 세상을 떠났다.

임신 중이던 부인 로제타 여사는 슬픔 가운데 아이를 낳기 위해 미국으로 건너갔다. 그리고는 1898년 그는 아들과 딸을 데리고 다시 조선으로 건너왔다. 조선에 오자 얼마 되지 않아 또 사랑하는 딸을 한국의 풍토병으로 잃었다. 딸 에디스를 남편의 묘 옆에 묻으면서 다시 한 번 조선을 위해 일할 결심을 하였다. "사랑하는 내 아들 셔우드 홀과 한국에서 오랫동안 일하게 해주소서."

닥터 로제타 홀은 그후 68세가 되기까지 우리 민족을 위해 조선 최초의 맹인교육을 시작하고, 현 이대부속병원과 경성여자의학 전문학교를 세워 의학 발전과 여성의 지위향상을 이루었다. 그녀의 아들 닥터 셔우드 홀은 1893년 생으로 미국과 캐나다의 최고의 명문대학에서 의사수업을 마치고 결핵 전문가가 되었다. 그 후 그는 갓 결혼한 부인 의료 선교사 메리안 홀을 데리고 다시 조선으로 왔다. 그 부부는 황해도 해주에 1933년 결핵 요양원을 세웠고, 그는 모금의 한 방편으로 '크리스마스 실' 운동을 시작하여 결핵퇴치 운동을 성공적으로 이끌었다.

닥터 셔우드 홀은 1940년 일제가 간첩 누명을 씌워 강제 추방할 때까지 의료사업을 계속하였다. 닥터 홀의 2대에 걸친 조선 사랑을 통해서 우리나라는 무지의 고통과 결핵의 어려움에서 크게 벗어날 수 있었다.

전염병은 인간을 끊임없이 괴롭힐 것이다. 그러나 닥터 홀 가족과 같은 사람들이 있는 한 질병이 인간을 이기지는 못할 것이다. 양화진 언덕에서 유유히 흐르는 한강 쪽을 바라보니 가난과 질병의 나루터였을 듯한 곳에 장엄한 고층 빌딩들이 서 있다.

한 걸음씩 지구와 함께

요세미티 국립공원은 바다 밑의 지층이 열에 의해 마그마로 되었다가, 표면으로 솟아 오른 후 식으면서 형성된 화강암을 기반으로 한다. 그 화강암이 다시 빙하에 의해 수직으로 깎이면서 기암절벽이 많이 생겨 암벽 등반가들의 고향이 되었다.

여러 암벽들 중에서도 가장 큰 바위가 '엘 캐피탄'이라는 바위이다. 암벽 등반가들이 꼭 한 번 올라 보고 싶어 하는 엘 캐피탄 바위는 멀리서 보면 사람이 서 있는 모습 같다. 높이는 3,593피트. 정상 가까이에는 경사가 수직이다 못해 매달려야 올라갈 수 있는데 이를 사람의 '코'라고 부른다.

엘 캐피탄에 사람이 처음 오른 것은 1958년으로 47일 걸려서였다. 수년 전에는 에릭 위엔마이어라는 시각 장애인이 동료들과 함께 5일 만에 정상에 올랐다. 에릭은 모든 사람들에게 희망을 주기 위해 암벽을 두드려가며 한 걸음씩 올랐다고 하여 많은 이들에게 감명을 주었다.

얼마 전 그곳에 갔다가 세계적인 암벽 등반가 론 콕 씨를 만나 이야기를 나누는 행운을 누렸다. 암벽 등반을 시작한 지 30여 년이 된 그는 이제 산과 하나가 된 기분이라고 했다. 바위를 타고 오를 때마다 지구의 맥박을 느낄 수 있다고 하니 그가 얼마나 자연과 동화됐는지 알 수 있었다. 론은 조물주께서 주신 이 아름다운 자연, 물과 숨 쉴 수 있는 공기와 에너지의 원천인 햇빛을 받기 위해 자신이 한 것은 아무것도 없다며 감사의 고백을 하였다.

그는 여러 차례 '엘 캐피탄'을 올랐는데 짧게는 15시간, 길게는 7일이 걸렸다고 한다. 여러 날이 걸리는 경우에는 바위틈과 줄을 의지해서 잠을 자야만 한다. 등반 과정에서 필요한 것은 밧줄, 간단한 음식, 물과 이슬을 피할 수 있는 단순한 장비뿐이다. 다른 모든 것은 바위를 오르는 데 거추장스러울 뿐이다.

그는 "자연은 내가 원하는 것이 반드시 중요한 것은 아니고 내게 꼭 필요한 것이 더 중요하다."는 것을 가르쳐 주었다고 말했다.

그동안 나는 욕심이 요구하는 불필요한 것들을 얼마나 많이 주렁주렁 달고 살았던 가 돌아보게 하는 말이었다.

그는 암벽 등반 경력이 쌓일수록 다른 사람들과의 경쟁심에서 벗어날 수 있었다. 자신을 이해하고 자신에게 솔직해져야만 했고, 오로지 한 순간에 한 걸음, 다음 동작만을 생각한다고 했다.

그의 이야기를 들으면서 경쟁적으로 사느라 나 자신을 들볶았던 날들을 생각해 보았다. 한 순간, 순간의 즐거움과 감사를 잊어버리고 얼마나 많은 시간들을 과거의 후회와 미래의 근심으로 낭비를 했었던가.

론은 '엘 캐피탄'에 올라갈 때마다 자연의 법칙에 순응하며 외로움, 질투, 욕심에서 벗어나는 것을 배운다고 하였다. 그리고 지구 위에 단순히 존재하는 것과 지구와 함께 살아가는 것은 완전히 질적으로 다르다고 덧붙였다.

지구와 함께 살아간다는 것은 무슨 말일까. 자연을 보존하며 우리 주위에 도움이 필요한 한 사람, 또 한 사람을 사랑하며 더불어 사는 일이 아닐까 생각해 보았다.

나는 악수를 하면서 론의 손을 유심히 살펴보았다. 오랜 세월에 걸친 각고의 인내와 단순함의 진리가 내 손의 두 배나 되는 그의 손에 두툼한 굳은살로 박혀 있었다.

흐르는 물과 고인물

　얼마 전에 동, 서양 대륙이 마주치며 종교와 문화가 충돌하는 터키에 다녀올 기회가 있었다. 고대의 히타이트 제국 후에 그리스, 로마, 오스만 터키로 이어지는 강력한 제국의 통치를 받았던 민족의 후손들로 6·25 동란 때 한국을 도와준 사람들이라 더욱 마음이 끌렸다.

　터키는 고대 문명발상의 젖줄이었던 유프라테스, 티그리스 강이 시작되는 곳으로 여러 문화와 다른 건축양식이 어우러져 고대와 현대의 역사가 같이 숨 쉬고 있었다. 그중에서도 꼭 가보고 싶었던 곳은 보스포러스 해협. 이 해협은 수천 년간 애증의 관계를 가지고 있는 동·서양의 대륙을 갈라놓으며 흑해와 마르마라해를 연결하고 있다. 보스포러스 해협은 길이가 약 31.7km이고 폭은 700m에서 3,400m까지 된다. 고대, 중세에는 상거래의 중심이었던 이곳에는 오늘날에도 매년 4만여 척의 배들이 통과하고 있다.

　전쟁이 많았던 시대에 천혜의 요새였던 보스포러스 해협을 끼고

로마 황제는 기원후 330년에 당시 최대의 도시 콘스탄티노플을 건설했었다.

유유히 흐르는 이 해협의 유속은 시간당 3~4km나 되어 이곳저곳에서 소용돌이가 일어나고 있었다. 흑해와 마르마라해의 염도가 달라 두 바다의 물이 표면과 속에서 각각 다른 방향으로 흐르기 때문이라고 했다. 빠르게 흐르는 바닷물은 싱싱한 물고기들의 풍부한 어장이 되어주고 있었다. 나는 배 위에서 지중해성 기후의 따스한 태양을 즐기며 해협을 따라 지어진 옛날의 궁전과 별장들, 찻집과 숲들을 바라보았다. 그 뒤편으로는 새로 지어진 건물들이 잘 어우러져 있었다.

어디선가 고등어 케밥 굽는 고소한 냄새가 고향의 냄새를 떠올리게 했다. 그곳의 특산물이라는 말리지 않고 배를 갈라 튀긴 멸치와 민어구이는 별미였다. 터키인들의 인심과 정은 한국 사람들만큼이나 풍성했다. 힘차게 흐르는 검푸른 바닷물이 생물과 사람들에게 풍요를 가져다줌을 알았다.

보스포러스를 아쉬움으로 띄워 보내고 남서쪽으로 향하니 에베소가 나온다. 오늘날 우리가 보는 에베소는 기원전 3세기에서 기원후 6세기경에 세워진 것으로 소아시아의 수도였을 뿐 아니라, 로마, 알렉산드리아, 안디옥과 더불어 로마제국의 4대 도시 중 하나로 손꼽히는 도시였다. 도시는 비옥한 토지와 활발한 교역을 통해 발전을 거듭하였다. 수로가 중요했던 당시에 무역 항구이자 동서양을 연결시키는 교통의 요충이었던 에베소는 도시 인구가 한때 30만 명에 육박

했었다고 한다. 초대 기독교인들에게도 에베소는 중요한 중심지였다.

한때 번창했었던 도시는 폐허가 되어 있었다. 멸망한 이유는 지진도 있었지만 항구를 형성하던 바닷물의 수면이 차차 낮아지면서 항구지역이 늪으로 변했기 때문이라고 한다. 물이 흐르지 않고 늪으로 변하자 모기가 극성을 부리며 말라리아가 창궐하게 되었고, 결국 주민들은 그곳에서 살 수가 없게 되었다.

물은 언제나 높은 곳에서 낮은 곳으로 흐른다. 흐르는 동안 사람들에게 생명과 시원함을 공급해 준다. 정지된 물은 생명을 잃고 사람들을 밀어낸다. 주민들이 떠난 에베소는 흙에 묻혀 폐허가 되고 말았다. 현재 고고학자들이 발굴한 에베소는 불과 전체의 20% 미만에 불과하다고 하니 아직도 묻혀 있는 옛 영광은 얼마나 화려했을까 짐작이 간다.

아직도 번창하는 보스포러스 해협의 주위와 대조적으로 폐허가 된 에베소를 보며 다른 운명을 걷게 된 원인을 생각해 보았다. 한 곳은 물이 흘러 생명의 젖줄이 되어 주었고 다른 곳은 물이 흐르지 않고 고여 몰락의 근원이 되었다.

자신의 것을 흘려 이웃에게 나눠주는 곳에는 생명이 있고 움켜쥐고 자신만을 위해 누릴 때는 문제가 생긴다는 만고불변의 진리를 곰곰이 되새기며 돌아왔다.

우리 병원의 '신나는 축구'

월드컵 축구 열기가 뜨겁게 달아오르고 있다. 1930년 41개국이 참여한 첫 월드컵 대회 이후 19회째로 열리는 이번 월드컵 본선은 204개국 중 지역예선을 통과한 32개 팀이 경기를 치르게 된다.

2010년 남아공월드컵대회는 아프리카 대륙에서 처음 열리는 대회인 만큼 세계의 화합이라는 의미가 더욱 크다고 할 수 있다. 흑백의 갈등을 풀어내기 위해 희생적인 지도력을 보여 온 남아공의 넬슨 만델라 전 대통령의 노력의 결실이라 할 수 있다. 축구는 세계에서 가장인기 있는 경기 종목이다. 대한민국뿐 아니라 북한도 본선에 진출했으니 월드컵 소식을 모르면 간첩이라는 소리도 이젠 통하지 않는다.

지난번 대회 우승국인 이탈리아가 '승리의 신'을 상징하는 '나이키'조각이 들어 있는 금우승컵을 다시 들어 올릴 것인가 궁금하다. 축구공은 둥글기 때문에 우승컵은 어느 팀에게라도 돌아갈 수 있다.

왜 축구가 그렇게 인기가 있는 것일까. 뛰어 다니는 사람이라면 쉽게 시작할 수 있고 가장 간단한 공, 아니면 공 비슷한 것만 있으면 발로 차고 싶은 인간의 심리 때문이 아닐까. 비용이 가장 안 드는 운동이니 가진 자나 못 가진 자 모두 즐길 수 있다. 실제로 중국, 일본, 이탈리아, 고대 그리스, 페르시아에는 예전부터 축구와 비슷한 경기 기록이 있다. 약 3천 년 전에 중국에서는 머리카락이 든 가죽 공을, 예전에 우리나라에서는 짚을 뭉쳐서 또는 돼지 오줌보를 찼다는 기록이 있다.

고대 그리스와 로마 시대에는 전사들을 훈련시키는 수단으로 축구를 시켰다고 하는데 오늘날 월드컵 축구경기도 현대에 벌어지는 국가 간의 상징적인 전쟁을 연상케 한다. 현대식 축구는 영국에서 1863년 럭비와 현재 축구의 모체가 갈라져 나오며 본격적으로 시작되었다. 그 후 종주국인 영국의 해외 진출과 함께 축구는 세계로 퍼졌다. 오늘날 축구연맹의 회원국이 유엔 가입국보다 많은 208개국이라고 하니 축구는 세계를 하나로 묶어준다.

나는 축구가 11명이 협력하여 움직이는 경기라서 특별히 좋아한다. 개개인도 중요하지만 팀워크가 더 중요하다. 온몸으로 공을 받고 주면서 협력한 후에 나오는 결정체가 '골'이다. 경기 중에 골이 들어가면 방송 아나운서는 숨이 넘어갈 정도로 소리를 질러대며, 관중들은 벌떡 일어나 두 팔을 들고 껑충껑충 뛰면서 옆에 있는 사람들을 누구나 껴안아도 전혀 문제가 되지 않는다.

축구에도 여러 스타일이 있다. 빗장 수비로 상대방의 공격을 무력화시키는 이탈리아, 예술적인 아트 사커를 하는 프랑스, 춤을 추듯 축구하는 브라질…. 빠르게 움직이며 공을 잡자마자 즉각적으로 패스를 하는 영국 스타일을 나는 가장 좋아한다. 무엇보다도 영국 팀들은 축구를 즐기는 것 같아 보기에 신이 난다.

나는 매일 일하러 가면서 축구를 연상해 본다. 같이 일하는 모든 분들이 나의 팀 동료들이다. 예전에는 일하는 동료들이 환자들에게 "무슨 문제가 있어서 저희 병원에 오셨죠?"라고 물어보았다. 그런데 많은 문제들을 해결하려고 하니까 몸도 마음도 힘들었다. 그래서 우리는 신나는 축구를 하기로 약속하고 "제가 어떻게 도와 드릴까요?"라는 말로 생각을 바꾸기로 했다.

'문제'라는 축구공을 없애 버리고 '서비스'라는 공으로 바꾸었다. 앞에서 전화를 받는 미셸은 명랑한 목소리로 확실하게 환자를 맞이한다. 깨끗한 인상의 이영표 선수 같다. 서니는 중간에서 필요한 차트와 검사결과를 정확하게 케이티에게 전달한다. 서니는 얼마나 왔다 갔다 해야 하는지 산소탱크 박지성 선수와 비슷하다.

뒤에서 케이티는 환자의 필요와 약을 검토한 후에 내가 환자의 가려운 곳을 확실하게 긁어줄 수 있도록 도와준다. 마치 이청용 선수의 확실한 센터링과 같다. 가끔 일이 정확하게 처리되지 않아 우리 모두 어려운 지경에 빠지면 마지막으로 해결해 주는 조이스는 노련한 거미손 이운재 선수와 같다.

우리는 하루 종일 '짜증과 스트레스'라는 상대방의 거친 태클을 넘어 '봉사'라는 골을 넣자고 다짐한다. 시합에서 항상 이기는 것은 아니다. 그런데 신나는 축구를 한 날은 늘 재미있는 하루다.

동백꽃이 겨울에 피는 이유는

　겨울비가 내리고 스산한 바람이 부니 다홍치마 같던 단풍나무 잎사귀가 우수수 떨어지고, 화단의 나팔꽃과 다른 여름 꽃들은 시들어 버렸다. 몇 개 안 되는 잎새가 달려 있는 앙상한 나뭇가지들이 빠른 세월의 냉혹함을 알려주고 있다. 가지 사이로 보이는 잿빛 하늘과 곧 떨어질 것 같은 담쟁이 덩굴의 잎새를 보니 힘들게 생명을 유지하고 있는 중환자들이 떠오른다.

　쓸쓸한 뒷마당에서 유난히도 붉은 빛을 내는 꽃이 피었다. 몇 년 전에 심은 동백꽃이다. 나는 겸손한 마음, 신중과 침착이라는 꽃말을 가진 동백꽃을 좋아하게 되었다. 투병생활을 하셨던 어머님도 이 꽃을 무척 좋아하셨다.

　벌, 나비가 날아다니지 않는 겨울에 꽃을 피우는 동백나무의 꽃가루받이는 아주 작고 귀여운 동박새가 있어 가능하다고 한다. 추운 겨울 적당한 먹잇감이 없는 동박새에게는 동백나무의 꿀이 더할 나

위 없는 좋은 식량이라고 한다. 서로에게 도움을 주며 같이 살아가는 자연의 섭리에 다시 한 번 감탄하게 된다.

날씨가 추워질수록 싱싱해지는 동백의 선홍색은 신선한 피의 색깔이다. 우리 몸 모든 장기에 산소와 영양분을 공급해 주는 피, 그 혈액의 액체 성분인 혈장과 적혈구, 백혈구, 혈소판 등의 세포들 중 어느 것 하나 꼭 필요하지 않은 것이 없다. 혈액이 있으므로 우리의 오장육부는 생명으로 연결되고 존재하게 된다.

얼마 전 잘 아는 환자 한 분을 뵈러 어바인 대학병원에 병문안을 갔다. 수년 전에 간암 진단을 받고 항암 치료를 받았으나 성공적이지 못했다. 몇 번의 항암 치료 후에 더 이상 효과가 없음을 알게 되었고, 고민하던 환자의 부인은 본인의 간을 일부 떼어 주는 이식을 결단하였다. 다행히 혈액형이 맞아 간의 일부분을 떼어줄 수 있었다.

두 분은 5년 정도 아무 문제없이 지냈으나 지난해 이식된 간에서 암이 다시 자라나는 것이 발견되었다. 환자는 새롭게 시작된 항암 치료가 힘겹다고 했다. 이번에도 합병증으로 입원하게 된 그는 "우리 집사람이 나를 놓아주지를 않아요. 이제는 할 일도 다했고 살 만큼 살았는데…." 하신다.

부인은 "나의 일부분인 당신이 오래 살아야지요. 그래야 제가 좋지요!" 하시는데 그녀의 표정이 너무 정답고 간절하다.

그 애절한 말이 내 머리를 떠나지 않는다. 그렇다. 인간은 누구나 존재의 이유와 의미가 있다. 그를 생각하고 사랑하는 사람들이 있기 때문이다. 그가 무슨 일을 하거나 뭔가를 만들어내지 않아도 좋다.

단지 존재하는 것만으로도 곁에 있는 사람들에게 살아갈 이유를 주기 때문이다.

얼마 전에 혈관 수술을 하신 한 할머님이 나에게 물었다.

"이 쓸모없는 인간, 이렇게라도 살아야 합니까?"

수술 당일 할머니는 너무 기분이 좋아서 노래를 흥얼거렸다. 수술 후 회복실에서 "할머니, 어서 일어나세요!" 하고 깨우니, 할머니가 눈을 뜨고 놀라신다.

"여기가 어딥니까?"

"할머니, 여기는 회복실이에요. 수술이 정말 잘 되었어요."

그런데 수술이 잘 되었다는 내 말에 할머니가 몹시 실망을 하시는 것이 아닌가.

"아니, 수술이 잘 되었는데 왜 실망을 하시는 거지요?"

할머니의 대답이 의외이다.

"김 선생, 나는 오늘 기분이 좋고 노래가 절로 나와 천국에 갈 걸로 기대했는데, 다시 회복실로 굴러 떨어졌으니 이게 무슨 낭패입니까?"

"할머니! 죄송합니다, 또 살려 드려서…. 살아 계시는 동안 아무 일도 못한다고 비관하지 마세요. 다른 일은 못해도 자식과 다른 이들을 위해서 기도하실 수 있잖아요."

"아! 참, 내가 누워서도 기도는 할 수 있겠네요."

모든 사람은 존재할 가치가 있다. 다른 존재가 필요로 하는 동백꽃처럼. 생산성이 없고 필요 없는 존재라고 생각할 이유도 없다. 내가 누군가를 사랑하고 그를 위해 기도하면 되니까.

　다른 꽃들이 피지 않는 추운 겨울에 동박새에게 꿀을 주고, 보는
이들에게 기쁨을 주기 위해 붉은 동백꽃은 오늘도 피어나고 있다.

생명의 강

　인도양에 풀어헤쳐진 흑진주 목걸이, 인도네시아를 다시 방문할 기회가 있었다. 적도의 이글거리는 태양 아래 아직도 열대림이 빼곡하여 인간의 발길을 기다리는 곳이 많은 보르네오 섬. 갈 때마다 무척 힘들어, 선뜻 나서게 되진 않지만 우리를 부르는 섬 소리와 기다리는 까만 눈망울들을 잊을 수 없어 뜻있는 분들과 다시 나섰다.

　비행기를 세 번 갈아타고, 자동차로, 다시 여섯 명이 타는 경비행기로 이동, 대략 이틀이나 걸려 정글마을에 도착한 우리는 지구의 끝에 온 느낌이었다. 전기, 전화, TV, 인터넷과 모든 문명시설이 전혀 없는 곳의 불편함도 있었지만 순박한 주민들을 돌보며 지내는 시간들이 무척 보람되고 기쁨이 충만했다.

　칠흑 같은 밤하늘의 총총한 별빛 밑에서 들려오는 정글속의 풀벌레 합창소리는 아늑한 고향의 소리였다. 정확하게 새벽을 깨우는 닭의 울음소리는 짧은 하루를 재촉하였다. 우리 일행은 의료진료, 치과치료 그리고 필요에 따라 안경과 선글라스를 나누어 주는 일을 하였다. 선글라스는 열대의 자외선 때문에 생기는 백내장을 막아주는데 큰 효과가 있을 것이다.

우리가 선물로 가져다 준 옷을 입고 선글라스를 쓰고 정글마을을 돌아다니는 주민들의 모습이 귀엽기도 하고 생소하기도 하였다.

또 우리는 보르네오섬 서부를 가로지르는 카푸아스 강을 따라 올라갔다. 길이가 1,100km가 넘는 무척이나 구불구불한 사행천이었는데, 황토와 열대림이 썩은 검은색이 합쳐진 갈색의 강물이 세차게 흐르고 있었다. 이 강을 따라 형성된 많은 수상마을 중 한 곳을 방문하게 되었는데, 주민들은 이 거대한 강을 생명줄로 삼아 밥도 짓고, 빨래, 목욕도 하고, 바로 옆에서 뒷간처리까지 하며 살고 있었다.

예상했던 것보다는 주민들에게 수인성 질환이 없었는데, 나중에 안 사실이지만 굽이굽이 흐르는 강물이 곧게 흐르는 강물보다 생명력이 왕성하고, 정화작용도 잘되어 물이 깨끗하다고 한다. 서둘러 앞서 가는 사람보다 천천히 돌아가는 사람이 더욱 여유가 있고 건강한 것과 같은 이치가 아닐까 생각해 보았다.

그들은 그 강물에서 하루에도 두 번씩이나 목욕을 하지만 우리는 용기가 없어 제대로 씻지도 못했다. 딱딱한 나무판대기의 수상가옥에서 새우잠을 자며 지냈지만 그들과 보낸 시간은 즐거웠다. 그곳의 많은 환자들에게 우리가 해줄 수 있는 일은 너무 제한되었지만 우리는 최선을 다했다. 우리를 대접하기 위해 잡아온 야생 돼지고기와 토막내서 튀긴 뱀고기를 같이 먹으면서 짧은 일정을 아쉬워해야만 했다.

배를 타고 카푸아스 강을 다시 내려오며 강가의 수상가옥을 보니 우리가 가난하고 병들었을 때 우리를 도와준 외국 선교사들에게 늘 감사해야 한다던 부모님 말씀이 떠올랐다.

내가 인도네시아에 있는 동안 나의 생명의 강이셨던 어머님은 나를 기다리고 계셨다. 그리고 내가 돌아온 뒤 일주일 만에 어머님은 사랑 그득한 눈으로 나를 한참 쳐다보시더니, 아름다운 이 세상 소풍을 마치셨다. 절대자의 명령을 받들어 심부름 나온 죽음이 모는 흰 마차를 타고 하늘나라로 평안히 가신 것이다.

어머님은 고통 없는 곳으로 가셨지만, 나는 어머님의 빈자리가 너무 크게 느껴져서 저려오는 가슴을 친다. 의사인 아들이 어머님을 조금이라도 더 사실 수 있도록 해드리지 못한 것이다.

그나마 병이 발견된 후 어머님을 우리 집으로 모셨고, 어머니께서는 함께 있어 행복하다고 하셨던 말씀이 나에게는 작은 위로가 된다. 나팔꽃에 날아와 꿀을 빨아 먹는 벌새를 보고 너무나 반가워하셨던 어머니, 아직도 벌새는 꽃에 날아와 날갯짓을 하는데 반겨줄 어머님은 안 계신다.

어디에 계시는지/ 사랑으로 흘러/ 우리에겐 고향의 강이 되는/ 푸른 어머니.// (중략) // 당신의 고통 속에 생명을 받아/ 이만큼 자라 온 날들을/ 깊이 감사할 줄 모르는/ 우리의 무례함을 용서하십시오.// (중략) // 아름답게 열려 있는 사랑을 하고 싶지만/ 번번이 실패했던 기억을 묻고/ 우리도 이제는 어머니처럼/ 살아 있는 강이 되겠습니다./ 목마른 누군가에게 꼭 필요한/ 푸른 어머니가 되겠습니다.

　　　　　　　　　　　　　　—이해인 수녀 〈어머니께 드리는 노래〉

칡나무와 등나무

요즈음 어지러움 증으로 병원을 찾는 분들이 많다. 나이 드신 분들이 많지만 젊은 사람도 흔하게 대한다. 주위 환경이 빙글 빙글 도는 어지러움 증은 물에 떠있어 흔들리거나 휘청거리는 듯한 느낌과는 다르다.

어지러움 증의 원인으로는 중추신경의 장애나 심혈관 질환 등도 있지만, 과로나 감기 후에 귀 안에 있는 평형감각기관에 감지되는 상황과 눈에 비쳐지는 시각의 분리 때문에 오는 경우가 많다.

눈에 비쳐지는 상황은 움직이지 않는 것 같은데 실제로 몸은 움직여 평형감각기관 안에 있는 림프액이 돌게 되면 어지러움 증이 시작된다. 한 예로, 자동차나 배를 타고 책을 보면 시각은 고정되어 있는데 몸은 움직이게 되어 멀미가 쉽게 일어난다.

시각과 평형감각이 분리 혹은 분열되는 상황은 우주인들에게도 자주 일어나기 때문에 그들은 시각과 평형감각을 일치시켜 주는 장치를 장착하고 우주여행을 한다.

넓은 의미에서 '분리'라는 현상은 어지러움 증 뿐 아니라 조화와 일치가 깨어지는 여러 질환에 모두 해당된다. 심장 근육과 전기 박동이 조화를 이루지 못하고 분리되는 부정맥이 그런 경우로 페이스메이커를 달아 심장근육과 전기박동이 일치되게 치료한다.

병원에서 일을 하다보면 질병 자체 뿐 아니라 인간관계로 인해 어려운 경우가 종종 있다. 다른 의료인이나 환자, 혹은 환자 가족들과 오해나 갈등을 겪고 난 후 곰곰이 그 원인을 돌이켜 보면서, 대화의 부족으로 인한 생각의 차이 혹은 분리였음을 알게 되었다.

가장 가깝지만 갈등이 많은 가족 간의 충돌도 대화의 부족과 생각의 분리 때문에 오는 것이 아닐까.

몇 달 전 제주도에 갔을 때 우리 부부는 '환상의 숲'이라는 곳을 걸을 기회가 있었다. 이형철 씨라는 분이 개인적으로 가꾼, 나무가 울창한 숲이다. 숲속에는 산소와 피톤치드라는 면역을 증진시키는 물질이 풍부하여서 건강에 좋다고 알려져 있다.

그는 중풍으로 반신불수가 된 후 숲속에서 지내기 시작하였는데 건강이 놀랍게 회복되었다고 했다. 숲은 병을 치료하는 종합병원인 셈이었다. 우리 부부와 같이 걸으면서, 그분은 "아프고 나니 인생의 깊은 뜻을 알게 되었고, 또 고통을 당하고 보니 일상의 모든 것이 아름답고 귀한 것인 줄 알게 되었다."고 했다.

숲속 깊은 곳에 가니 나무가 빽빽하여 하늘이 안 보일 정도였다. 그곳에서 그분은 칡나무와 등나무가 서로 엉켜있는 것을 보여 주었다. 등나무는 시계방향으로 감기고 칡은 반대로 왼쪽으로 돌면서 일정한 간격으로 서로 엮어져서 하늘을 향해 높이 올라가 햇볕을 받으며 두 나무가 함께 살고 있었다.

칡나무는 한자로 '갈'이요, 등나무는 '등'이어서 둘을 합치면 '갈등'이라는 것을 알았다. 원래 '갈등' 하면 일이나 인간관계가 까다롭게 뒤얽혀 풀기 어려운 상태, 혹은 상반되는 생각의 충돌로 생각했었다. 그런데 전혀 다른 두 나무가 서로 얽혀, 혼자서는 올라갈 수 없는 높이를 같이 올라가 햇빛을 받고 잘 살 수 있다는 사실이 새롭게 느껴졌다.

등나무는 유서 깊은 사랑의 상징이기도 하단다. 옛날 어느 동네에서 한 총각과 처녀가 서로 사랑을 했단다. 그때 전쟁이 일어나 총각은 전쟁터에 나가야 했고, 얼마 후 총각이 죽었다는 비보에 처녀는 절망하여 연못에 몸을 던졌다.

그러나 '전사'는 잘못 전달된 소식이었다. 총각은 살아 돌아왔고, 먼저 간 처녀의 죽음을 비통해 하면서 뒤따라 연못으로 들어갔다. 훗날 연못가엔 팽나무 한 그루와 등나무 한 그루가 자라났고, 등나무는 팽나무를 온 몸으로 감싸 안고 자랐다고 한다.

모든 만남은 갈등의 관계도 될 수 있고 동반자의 관계도 될 수 있다. 우리 생각과 의견의 분리를 대화로 소통시켜 주는 좋은 방법은 무엇일까?

"다른 사람의 말은 빨리 듣고, 자신의 말은 천천히 하십시오. 쉽게 화를 내지 말기 바랍니다."라는 성경구절을 실천하기로 마음에 다져 본다.

Chapter 5

알바트로스

그들은 새로운 도전을 했고 실패했지만 실패를 통해 문제를 발견한 것이 결국에는 기적의 기초가 되었다. 오늘날 세계인들이 누리는 운하의 혜택을 보며 파나마 운하에 참여한 희생자와 모든 이들에게 경의를 표한다.

과거를 돌아보면 우리는 실패와 문제들로 인해 낙담한 적이 많다. 그러나 그것들이 우리의 삶에 얼마나 좋은 교훈과 약이 되었는지 역사를 통해 깨닫는다. 그 과정들을 통해 우리는 조금 더 향상된 세상을 만들어 왔고, 이웃을 더 생각할 줄 아는 사람들이 되었다.

알바트로스

골프에서 쓰는 용어 중에 "버디, 이글, 알바트로스"라는 말들은 모두 점수가 잘 나오는 경우에 사용하는 용어들이다. 아마도 골프공이 날아가는 모양이 새를 연상시키기에 나온 게 아닌가하고 나름대로 추측해 본다. 그중에서 알바트로스는 5번에 걸쳐 넣는 홀에서 두 번만에 공을 넣은 경우를 말하는데 이글보다도 더 좋은 점수를 뜻한다.

내가 알바트로스 새를 직접 본 것은 에콰도르에 속한 갈라파고 군도를 방문한 때였다. 갈라파고 군도는 적도선상에 있는 섬인데 한류와 난류가 만나는 곳이라서 각종 물고기와 동물, 그리고 특이한 새들로 유명하다.

그곳에서 알바트로스를 볼 수 있었는데, 지구상에서 날개 길이가 가장 길고 멀리 나는 새로 알려져 있다. 큰 종류는 7킬로그램이나 되고 그 육중한 몸을 받쳐주는 두 날개를 활짝 펼치면 길이가 무려 3~4미터나 된다고 한다. 여러 대양을 가로지르며 세계를 일주하는 이 새가 50년을 살았을 무렵 비행한 거리는 최소 지구 150바퀴를 돈 거리가 된다. 이 새가 멀리 날 수 있는 비법은 폭풍우를 타고 높이 올라간 다음 양 날개를 곧게 편 채 고정시킨 후 중력을 이용해 수면 쪽으로 하강하면서 긴 파동처럼 비행하기 때문이다. 대부분의 새가 폭풍우를 피해 가려 애를 쓰지만 알바트로스는 폭풍우를 마주쳐 이겨내며 비행한다.

또 다른 신기한 사실은, 알바트로스는 5년쯤 되면 짝을 찾기 위한 그 새만의 고유한 춤을 배우기 시작하여 몇 년 동안 연습을 한다. 그리고는 다시 몇 년 동안을 다른 새들과 서로 사귀어본 후 짝을 결정한다. 그 후 결정된 짝과 50~60년 평생을 같이 산다고 하니 인간의 사랑보다 부족하지 않다. 한 번에 알을 하나씩만 낳아 새끼가 나올 때까지 70~80일간 품을 때도 아빠와 엄마가 번갈아 가면서 고생을 함께 나눈다고 한다. 또 새끼에게 한 끼를 먹이기 위해 1만 5천km 이상을 날기도 한다니, 자식 사랑을 인간에게서 배운 모양이다.

골프 선수들 중에서 알바트로스를 생각나게 하는 선수들이 종종 있다.

얼마 전 경기를 마친 76회 매스터즈 골프대회에서 버바 왓슨은 33세 나이에 우승을 차지했다. 미국 플로리다 농장 출신 시골 청년인 그는, 여섯 살 때 군인이었던 아버지에게서 골프를 배웠고, 솔방울을 치면서 골프의 재미를 배웠다. 정식으로 골프레슨을 받은 적이 없어서인지, 이 선수의 폼은 다른 선수들에 비해 독특하다. 그럼에도 그는 특유의 유연성과 좋은 힘으로 엄청난 장타를 치는 선수인데, 이번에 큰 대회에서 우승을 차지하였다.

버바 왓슨은 아버지가 2010년에 식도암으로 세상을 떠나자 "삶에는 골프보다 더 중요한 것들이 있다."며 자선활동에 나섰다. 그가 핑크빛 드라이버로 공을 300야드 넘게 날릴 때마다 후원업체인 '핑' 회사는 300달러씩 암 환자를 돕기 위한 기금으로 기부한다. 올해 들어서도 300야드 이상을 200차례 이상 날려 많은 기부금을 모아 놓고 있다.

그는 얼마 전 생후 6주 된 사내아이를 입양했다. 버바 왓슨은 아내가 뇌하수체 이상으로 아이를 가질 수 없는 것을 알고 "하나님이 우리에게 입양을 권하시는 것"이라고 아내를 위로하며 한 생명을 입양하였다. 그는 이번 대회 우승 인터뷰에서 아들 이름을 부르며 눈물을 글썽였다. 효심이 넘치고 생명을 사랑하는 버바 왓슨에게 매스터스의 그린재킷이 돌아간 것은 우연이 아니라고 생각한다. 그의 골프공은 폭풍우를 뚫고 희망을 향해 멀리 날아가는 새와 같다.

또 우리 일상 가까이에도 알바트로스를 연상시키는 사람들이 있다. 만성병 환자들과 그들을 간호하는 가족들을 보면 그런 생각이 든다. 그들은 정신적으로, 육체적으로 힘든 거센 바람을 견뎌내며 자신의 자리를 꿋꿋이 지켜내고 있는 분들이다.

그런 이웃들의 손을 잡아 드리며, 목이 타는 환자들에게 한 컵의 시원한 물을 건네며, 오랜 고통 속에서 다시 걷게 된 사람을 향해 환한 웃음을 지으며 "좋은 아침입니다."라는 한마디를 해줄 수 있다면, 우리의 웃음은 폭풍우를 타고 멀리멀리 퍼질 것이다.

파나마 이야기

　가족들과 파나마를 다녀왔다.

　1501년께 서방세계에 알려진 파나마는 폭이 좁고 옆으로 누운 S자 모양의 땅으로 중앙은 화산으로 형성된 높은 산맥이고 양쪽 가장자리는 바닷가여서 산의 정글도 보고 바다도 볼 수 있었다. 그런데 인상적이었던 것은 토목사업의 기적이라 불리는 파나마 운하였다.

　북미와 남미를 잇는 교차점에 위치한 파나마 가운데에 위치한 파나마 운하는 대서양과 태평양을 연결하는 동맥과 같은 수로이다. 폭이 좁은 파나마 땅을 통과하는 수로가 필요하다고 느꼈던 것은 16세기 초 콜럼버스 시대로 거슬러 올라간다. 선박이 뉴욕에서 샌프란시스코까지 남미의 제일 밑부분, 혼 곶을 돌아서 가려면 거리가 22,500km이지만 파나마 해협으로 갈 경우 9,500km로 줄일 수 있다.

　이미 이집트 수에즈 운하 건설에 성공한 프랑스인들은 세계무역이 활발해지던 19세기 후반에 파나마 운하건설에 도전하였다. 그들은 육지를 해수면까지 파서 뱃길을 만드는 운하를 계획하였다.

그러나 프랑스인들의 계획은 시작한 지 얼마 안 되어 난관에 부딪쳤다. 수에즈 운하의 땅은 모래였으나, 파나마 땅은 콜럼버스가 '딱딱한 땅'이라고 불렀던 돌산이었기에 훨씬 많은 시간이 필요했고, 진흙사태가 빈번하였으며 정글의 독사와 독충도 예상치 못한 복병이었다. 엎친 데 덮친 격으로 많은 희생자를 낸 것은 모기에 의해 전염되는 말라리아와 황열이었다. 6년 동안 프랑스인들은 모든 노력을 기울였으나 2만 2천 명의 희생자를 내고, 예정된 공사의 10분의 1도 못 마친 채 중단하고 말았다.

10여 년 잊혀졌던 파나마 운하공사는 대서양과 태평양을 잇는 무역과 군사 활동의 중요성을 재인식한 미국의 루스벨트 대통령에 의해 20세기 초에 다시 시작되었다.

미국인 담당자였던 존 스티븐스와 군의관 고가스는 과거 프랑스인들의 처절한 실패를 통해 황열과 말라리아의 위험을 잘 알고 있었다. 그래서 먼저 길을 닦고 위생적인 주택을 짓고 모기망을 설치했으며, 모기의 서식처를 없애는 데만 2년 이상을 보냈다.

미국 기술진은 공사계획도 바꾸어, 해수면까지 파내려가는 방식을 피하고, 산의 계곡에 댐을 만들어 산에서 내려오는 물이 고이게 하여 큰 인공호수를 먼저 만들었다. 인공호수와 바다 사이에는 수면의 높낮이 차이가 상당히 난다. 그래서 인공호수와 바다 사이에 배를 띄울 수 있는 넓이의 운하를 콘크리트로 만들고 물을채우거나 빼서 배를 띄우거나 바다와 인공호수 사이를 지나갈 수 있게 하였다.

미국의 희생자도 5천 명에 달했으나 기술진들은 6년에 걸쳐 호수를 포함하여 총 80km에 해당하는 운하를 기적같이 완성시켰다. 운하가 만들어진 과정과 운영되고 있는 것을 자세히 보면서 미국의 기술과 꿈에 대한 집념에 감탄했다.

그러나 그보다 먼저 아무도 엄두를 못 내고 있을 때, 그 일을 시작했던 프랑스인들도 매우 훌륭했다. 그들은 새로운 도전을 했고 실패했지만 실패를 통해 문제를 발견한 것이 결국에는 기적의 기초가 되었다. 오늘날 세계인들이 누리는 운하의 혜택을 보며 파나마 운하에 참여한 희생자와 모든 이들에게 경의를 표한다.

과거를 돌아보면 우리는 실패와 문제들로 인해 낙담한 적이 많다. 그러나 그것들이 우리의 삶에 얼마나 좋은 교훈과 약이 되었는지 역사를 통해 깨닫는다. 그 과정들을 통해 우리는 조금 더 향상된 세상을 만들어 왔고, 이웃을 더 생각할 줄 아는 사람들이 되었다.

새해에도 우리는 많은 도전 앞에 서있고, 여러 문제들과 실패할지도 모른다는 두려움이 우리를 감싸고 있다. 하지만 도전은 기적을 낳는 축복의 시발점이요, 문제와 실패는 우리를 도와줄 동료라고 생각하니 용기가 솟아오른다.

인디언들의 여명(黎明)

얼마 전에 여러 지인들과 애리조나 호피(Hopi) 인디언 마을을 찾았다. 호피는 '평화의 사람들'이란 뜻이며, 인디언이라는 호칭은 원래 콜럼버스가 아메리카 대륙을 인도로 오인한 데서 나온 말이다.

유력한 설에 의하면 아시아 북쪽의 몽고족들이 수천 년 전에 동쪽으로, 동쪽으로 오다가 얼음으로 덮여 있던 시베리아에서 베링해협을 건너 지금의 알래스카로 걸어서 건너왔다고 한다. 그 후 아메리카 대륙 각지에 퍼진 인디언들의 총 인구는 유럽인 도래 이전에 대략 천만 명을 넘었던 것으로 추산된다.

아메리카 인디언들은 그리스, 로마, 메소포타미아, 이집트 문명 버금가는 독자적인 고대 문명을 꽃 피웠다. 마야, 잉카, 아즈텍 문명이 그것들이다. 이들은 농사, 집짓기, 수학 등 여러 분야에서 나름대로의 발전을 이룩하였다.

그러나 1600년 경 유럽인들이 들어온 후 아메리카 대륙 전역에 퍼진 홍역과 천연두 등으로 인구가 급감하였고, 아메리카 정복을 위한 열강들과의 전쟁 속에서 학살과 노예화로 계속적인 쇠퇴의 길을 걸었다. 1830년 이후 '눈물의 행진'으로 불리는 미국 정부가 지정한 척박한 보호구역에 강제 이주 당하는 비극의 역사를 맞게 되었다. 19세기 말까지 저항하는 인디언들에 대한 무자비한 학살 후에 북미 대륙에서의 대 인디언 전쟁은 막을 내리게 되었다.

우리가 방문했던 호피 인디언 부족들도 스페인군과 다른 부족들에 쫓기고 밀려서 애리조나의 황량한 사막 복판에 살게 되었다. 흙과 돌로 만든 집이 있는 곳은 해발 8천 피트 높이의 절벽 꼭대기로 주위의 연한 땅이 침식되어 깎여나가고 암석이 남아 평평하게 된 작은 고원 같은 곳이었는데, 탁상이란 뜻의 'Mesa'라고 불리고 있었다. 햇빛이 너무나 강렬하여 눈을 뜨기가 힘들었고 햇살은 따가웠다.

마을의 색깔은 오직 한 가지, 황톳빛 이었다. 나무가 거의 없었는데 그곳에 사는 사람들은 '희망'을 심기 위하여 화단을 만들고 꽃을 심었다고 한다. 그곳에는 인디언과 결혼하여 사는 한인 여성도 있었다. 영국인을 사랑하여 결혼했다는 인디언 추장의 딸 포카혼타스가 생각났다.

일부 호피 인디언들은 옥수수와 콩 농사를 지으며 살고 있었다. 우리 팀은 어린이 사역, 창고를 지어주는 건축, 가정을 방문하여 냉장고를 고쳐주는 일과 희망(Hope)의 이야기를 들려주고, 그들을 위해 기도하는 일을 했다.

나는 환자들을 돌볼 기회가 있었는데 마을의 심각한 문제는 술,

마약, 당뇨, 비만이었다. 당뇨 환자들 중에는 밤에는 당이 정상이거나 약간 낮은데, 아침 혈당치는 오히려 높아지는 현상이 많았다. 이렇게 혈당수치가 새벽 여명(黎明)에 내렸다가 반작용으로 다시 올라가는 현상을 '여명(黎明)현상'이라고 한다. 이는 약 복용시간을 바꾸어줌으로써 조절할 수 있었다.

세계적으로 당뇨병이 늘어나고 있는 추세이지만 애리조나의 인디언들에게는 당뇨가 특히 많다. 인디언 부족들은 공통적으로 검약(儉約) 유전형질을 많이 갖고 있기 때문이라는 설이 있다. 검약유전형질(thrifty genotype)이란 '음식물을 잘 흡수하고 효율적으로 잘 저장할 수 있는 유전형질'이다. 이는 시베리아에서 알래스카로 넘어올 때나 식량이 부족했던 때는 생존에 도움이 됐지만, 식량이 풍부한 현대에 이르러 비만과 당뇨를 일으키게 되었다.

애리조나의 인디언들은 1950년대 미국정부의 대규모 식량지원이 시작된 후 햄버거와 콜라를 먹으며 TV를 보는 것으로 일상을 삼았다. 인디언들이 초원에서 말을 타고 사냥하던 모습은 사라졌고, 그 결과 백인들 대신 비만과 당뇨라는 새로운 적과 맞닥뜨리게 됐다.

슬픈 역사를 가진 인디언들 중에는 분노와 좌절로 삶의 의욕을 상실하고 알코올 중독자로 전락하는 숫자가 많았으나, 요즘 다시 전통을 되살리면서 힘과 소리를 높여가고 있다고 하니 다행스러운 일이 아닐 수 없다.

이웃과 자연과 잘 조화하며 온건하고 평화롭게 살던 인디언들의 마음과 지혜는 위기에 직면한 21세기 아메리칸 들에게 절실히 필요한 것이 아닌가 생각해 본다. 호피 인디언 마을의 밤하늘은 칠흑같이 어두웠지만 총총한 별들은 구슬처럼 반짝거렸다. 어두움이 짙어 갈 수록 가까이 다가오는 여명을 기다린다.

브라질 이민 이야기

얼마 전 브라질 카니발 축제에서는 한국인 브라질 이민 50년 축하 행사가 있었다. 무희들의 삼바 춤 주제는 '한국'이었다고 한다. 내가 브라질 축제에 관심이 많았던 이유는 아내의 여러 친척들이 브라질에 살고 있고 그 행사 후원자 중 한 사람이 친척이었기 때문이다.

1962년 한국인 107명이 브라질로 떠난 것이 한국인 브라질 이민역사의 시작이었다. 아내의 큰 이모 가족들은 그 이듬해 여름에 브라질로 향한 두 번째 농업 이민 대열 속에 있었다. 40여 가구를 태우고 부산에서 떠난 배는 여객선이 아닌 화물선이었다. 이민자들은 배의 위층에 못 올라가게 금지되어 있었고 막일을 하는 선원들이 사용하는 아래층 칸에서만 지내야 했다. 비용을 아끼기 위해 화물선을 타고 갔던 것 같다.

화물선이었지만 처음 타보는 큰 배 위에서 내려다보는 망망대해의 수평선은 꿈을 부풀리기에 충분했다. 배는 홍콩, 싱가포르, 베트남

페낭을 거쳤다. 인도양의 험난한 파도를 지날 때는 배 멀미를 많이 했다.

배 안에서는 지루했지만 정박하는 곳마다 배에서 내려서 육지를 구경할 수 있었고 새로운 곳을 보고 다른 나라 음식을 먹는 재미가 괜찮았다. 철없는 아이들은 처음 먹어보는 음식과 새로운 풍경에 마냥 흥겹게 뛰어다니며 놀았다. 그러나 시간이 갈수록 어른들은 걱정이 되었는지 삼삼오오 모여서 외국말 연습도 하고, 앞날에 대해 진지하게 이야기를 나누었다.

서진을 계속한 배가 아프리카의 희망봉을 거쳐 남대서양을 지나 마침내 브라질의 산토스 항에 도착한 것은 부산에서 출발한 지 45일 만이었다. 큰 이모 가족들은 다시 브라질 대륙을 차로 가로질러 사웅파울로 근교에 도착했다. 그곳 농장의 흙담집에서 이민생활을 시작하였지만 광야와 산기슭에서 경험도 없는 농사를 도저히 지을 수가 없었다. 그래서 시내로 나와 바느질을 하고, 작은 상점을 시작함으로써 자리를 잡기 시작하였다.

자녀들은 포르투갈어를 몰라 정규학교에 적응할 수가 없었다. 다행스럽게도 미국 감리교 선교사가 세운 학교에서 그들을 받아주어 그곳에서 포르투갈어를 배운 다음 정규학교에서 적응 할 수 있었다. 그러나 안타깝게도 모든 한인 아이들이 학교에 적응할 수 있었던 것은 아니었다. 일찍이 학업을 포기하고 직업전선에 뛰어든 젊은이들도 많았다.

당시 이민자들의 삶 속에서 브라질의 낭만은 찾아보기 힘들었고 긴장과 생존을 위한 전쟁 그 자체였다고 한다. 큰 이모는 한국에서 비싸게 수입해 팔려던 젓갈을 브라질 관리들이 상한 식품이라고 빼앗아 그대로 바다에 던지는 것을 보고 울었다며, 문화 차이를 뼈저리게 느낀 사건이었다고 회상하셨다.

이민 물결은 90년대까지 계속 있었고 한국의 반공 포로들, 독일로 갔던 광부들도 브라질로 합류하였다. 지금 브라질에 사는 한인동포는 5~10만 명으로 추산된다.

이민 초기의 어려운 살림 속에서도 큰 이모님은 이웃의 한인들에게 음식을 풍성하게 대접하셨고 한국에서 온 외교 사절들을 극진히 대접하셨다. 또한 목사님을 도와서 한인들이 신앙생활을 잘할 수 있도록 헌신하셨다.

그 후 이모님은 미국으로 오셔서도 자녀들이 자리 잡는 데 도움을 주고, 어려운 한인들을 위로하고 풍성하게 대접하셨다. 나는 평안도가 고향인 큰이모의 초대를 받아 갔었는데 내 주먹 두 개보다 큰 왕만두와 녹두전이 큰 쟁반에 수북하게 쌓여 있어서 먹다먹다 질렸던 기억이 있다. 얼마 전에 천국으로 가셨는데 자녀들과 주위 분들이 그분을 떠올리며, 풍성하게 대접받은 것과 사랑이 생각난다고 이구동성으로 이야기했다.

이제 그분의 덕을 머금고 자란 자손들은 브라질, 미국에 흩어져 사업가, 엔지니어, 치과 의사, 각 분야의 직장에서 그 나라의 훌륭한 시민으로 살고 있다. 한국이라는 뿌리를 가지고 있지만 이민 간 나라의 시민으로, 더 나아가서는 세계인으로서 후손들은 살아가게 될 것이다.

앞으로 자녀들에게 나는 어떤 아버지로 기억될 것인가.

가족과 이웃을 사랑하였고 어떤 상황에서도 최선을 다한 사람으로 기억되었으면 좋겠다. 더 나아가 "아버지는 정직했고 하나님을 두려워할 줄 아는 사람이었다."고 기억된다면 그 이상 바랄 것이 없겠다.

조금 더 드세요

얼마 전 빌 게이츠 마이크로소프트 전 회장이 한국 방문 중 박근혜 대통령과 인사하면서 왼손을 바지 주머니에 넣고 악수를 하여 구설수에 올랐다. 과거 게이츠 회장이 여러 사람과 악수하는 사진들을 보면 그가 의도적으로 한국 대통령을 무시했다기보다는 개인적 습관이라고 보는 것이 타당할 듯하다.

그렇더라도 외국 사람을 만날 때는 상대방의 문화를 알고 그 문화에 맞추어 주는 배려가 있는 것이 좋다고 생각한다. 경제적 선진국이든 후진국이든 모든 민족은 자기들의 문화에 긍지를 가지고 있다.

한국에서 미국으로 건너온 이민자들인 우리도 문화의 차이를 경험한다. 나는 미국에 와서 오고 가라는 손짓이 달라 상당히 혼동을 느꼈다. 병원에서 미국 사람이 나를 부르는데 한국에서 강아지 부를 때처럼 손가락을 까딱까딱 하는 것이 아닌가. 나는 몹시 화가 나서 강아지를 부를 때도 그렇게 버릇없이 부르지는 않는다고 따졌다. 또 내가 다른 미국 사람에게 오라는 손 신호를 보내니 "바이바이" 하고 가버리는 것이 아닌가. 사람을 무시해도 유분수지 내가 영어를 못한다고 업신여기는 건가 했다.

이런 오해들은 손 신호가 서로 다르다는 것을 알고 나서야 풀렸다. 물건을 사고 거스름돈을 줄 때 돈을 거꾸로 세어주는 것이 신기하게 느껴졌다. 10달러짜리 물건을 구입하고 20달러지폐를 낸다면 한국에서는 10달러를 얼른 거슬러 주는데, 미국에서는 물건을 주면서 10달러, 그리고는 거스름돈을 세면서 11달러, 12달러,… 20달러, 하고 맞추어 준다. 상대방이 준만큼 똑같이 돌려준다는 미국식 사고인 것 같다.

이야기할 때는 또 어떤가. 윗사람과 이야기할 때 눈을 아래로 내리고, "예, 예."라고 정중하게 대답했더니 말을 못 알아들었다고 생각했던지 여러 번 확인하는 것을 경험했었다. 미국에서는 상대방의 눈을 똑바로 쳐다보고, 눈과 눈을 마주보며 이야기를 해야 상대방이 경청하는 것으로 생각한다는 것이었다.

이민 초기에는 병원의 선배나 과장이 오면 일하는 중에도 벌떡일어나 고개를 숙이고 인사한 후 앉을 자리를 내어드리곤 했다. 하지만 그렇게 하지 말고 '하이'라고만 인사하라고 해서 머쓱해진 적도 있었다. 반대로 나보다 아랫사람이 앉아 있으면 버릇이 없는 것 같아서 속으로 기분이 나빴다.

이제는 오히려 위아래 사람들이 편하게 지내는 것이 자연스럽게 느껴진다.

병원에서 미국 사람들은 추운 데 아주 익숙해 있는데 한인들은 따뜻하게 있기를 원한다. 열이 나면 한인들은 뜨듯한 국물을 먹고 담요를 뒤집어쓰고 땀을 푹 내야 하는데 미국 간호사들은 환자들의 옷을 홀딱 벗기고 물수건으로 닦아준다. 한인들은 미국 병원만 가면 추워서 감기 걸렸다고 야단들이다. 한인들은 주사를 맞고 빨리빨리 좋아져야 되는데 미국 의사들은 주사를 잘 안 놓아 주는 편이다.

오랜만에 한국에 가서 길이나 지하철역, 혹은 엘리베이터에서 많은 사람들에게 부딪힌 다음 미안하다는 말을 못 들을 때는 내가 이방인처럼 느껴진다. 미국 사람들은 신체의 접촉이 있으면 반드시 "익스큐즈 미."를 한다. 아마도 한국의 땅덩어리가 작다 보니 부딪히는 데 익숙해진 것인지 모른다.

가족들과 식사하면서 아이들에게 더 먹으라고 권하면 "노우 탱큐." 하는 경우가 있다. 이때 부모가 한국의 정을 발휘하여 "몸에 좋은 것이니 더 먹어." 하고 음식을 덜어주면 아이들은 질색을 한다.

문화의 차이는 민족 간에만 있는 것이 아니라 개개인들 사이에도 크다는 것을 살아갈수록 느낀다. 이웃 사이에 틈이 벌어지고 아내와 남편이 서로 섭섭해하는 이유가 그런 이유가 아닐까 싶다.

문화의 차이는 누가 옳고 그름의 문제가 아니고 자라난 환경, 어려서부터의 훈련이 다른 데서 온 것이라 생각한다. 모든 문화는 똑같이 훌륭하다. 그런 걸 잘 알지만 그래도 나는 한국문화가 조금 더 훌륭하다고 우기고 싶어진다. 그래서 누구를 만나 식사를 하든지 꼭 말한다.

"조금 더 드세요!"

중미(中美) 한가운데서

　지난달에 지인들과 니카라과에 다녀왔다. 때마침 5월부터 시작된 우기여서 습하고 더웠으나 싱싱한 초록의 나무들이 우리를 환영해 주었다.

　우리가 방문한 수도 마나과 근교에는 중미에서 가장 큰 호수인 나카라과 호수가 있다. 신기한 물고기가 많다는 이 호수에는 세계에서 유일하게 담수 상어가 살고 있다. 태평양과 대서양을 연결하는 운하가 니카라과 호수를 중심으로 가까운 장래에 만들어질 것이라고 하여 기대가 크다.

　중미에서 가장 큰 나라인 니카라과는 1522년 스페인 탐험대에 의해 정복되었다. 1821년 스페인으로부터 독립하여 잠시 멕시코의 일부였다가, 다음에는 중미 연합국가의 일부였다가 1838년에야 지금의 중미 한복판의 완전 독립국가가 되었다.

　그러나 니카라과를 전략적으로 매우 중요하게 여겨온 영국과 미국은 독립된 후에도 줄곧 내정간섭을 해왔다. 1937년 미국에서 훈련받은 소모사 장군은 부정선거를 통해 대통령이 되었다. 이후 아들까지 연이어 약 40년이나 소모사 가족의 독재정치와 부정축재가 이어졌는데, 1972년 대지진으로 인한 국민들의 고통도 외면한 채 국제원조를 빼돌리는 만행이 계속 되었다. 극심한 생활고로 인한 국민들의 분노로 혼란과 내전이 1990년까지 계속되었다.

공산주의 이념의 산디니스타 좌익세력과 미국의 비밀지원을 받은 콘트라 반군 간의 내전은 국민들에게 심각한 상처와 분노와 분열을 남겼다. 정치적 혼란은 인플레이션과 경제파탄을 불러와 열대의 낙원이라 불렸던 니카라과가 중남미를 통틀어 2번째로 가난한 나라가 되었다. 유엔 통계에 의하면 국민 80%가 하루에 2달러 미만으로 살고 있으며 27%가 영양실조 상태라고 한다.

국가가 통째로 강도 만난 나라, 그 국민들의 삶은 비참하였다. 우리가 방문한 지역 주민 대부분은 하루에 한 끼로 살았고, 허름한 양철집의 바닥은 흙이고 하늘이 지붕이었다.

매일 열대 소나기가 쏟아지는 그곳에서 비참하게 살아가는 주민들을 보며 나는 인간에 대한 슬픔과 분노를 느꼈다. 나는 강도 만난 자의 이웃인가, 아니면 그 반대편에 서 있는 사람인가.

그곳에 계신 여자 선교사님은 학교를 세우고 버스로 아이들을 데려와 공부를 가르치고 계셨다. 11시경에는 아침 겸 점심을 모든 학생들에게 나누어 주었다. 한 사람의 지속적인 헌신이 그 지역을 변화시키고 있었다.

우리는 많은 학생들과 주민들을 대상으로 건강검진을 하고 치료를 했다. 또 시력검사 후 필요한 사람들에게 안경을 주었으며, 침술은 아픈 그들의 몸과 마음을 녹여주었다.

의사인 아내가 이번 여행에 동행하여 큰 힘이 되었다. 아내는 어린 학생들을 주로 보았는데, 이따금 어린 학생에게 작은 선물도 주고, 통역하는 청년과 어린 환자들과 이야기꽃을 피우면서 진료를 했다.

그때마다 가난과 상처에 찌든 어린이들의 얼굴에 환한 웃음이 피어났다. 웃음 띤 아이들은 시들었다가 이슬 먹고 활짝 살아나는 화초 같았다. 꽃봉오리처럼 살그머니 피어나는 행복한 표정은 고통 속에서 솟아나는 희망이었다. 물질을 뺏어간 강도들도 어린이들의 웃음과 소망은 완전히 가져갈 수 없음을 보았다.

우리가 떠나기 전날 동네 마리아치 악단이 나타났다. 빛바랜 검은 양복에 챙 넓은 모자 '솜브레로'를 쓴 아저씨들이 기타, 트럼펫, 하프 등의 악기로 중남미의 신명 나면서도 한이 서려있는 듯한 가락을 연주해 주었다.

니카라과를 떠나는데 성경의 선한 사마리아인의 이야기가 자꾸 떠오른다. 사마리아인은 강도당한 사람을 여관으로 데리고 가서 정성껏 보살펴 준 다음 날, 은화 두개를 여관 주인에게 주면서 말했다.

"이 사람을 잘 보살펴 주세요, 만약 돈이 더 들면 내가 돌아올 때 갚겠습니다."

나는 선한 사마리아인인가 아니면 형식적인 이웃인가.

필라델피아

얼마 전에 딸아이가 의학 공부를 시작하여 입학식 참석차 필라델피아에 다녀왔다. 유펜대학 의학과 신입생은 168명인데 여학생이 48%였다. 예전보다 의대에 여학생들이 많아졌다. '화이트 코트 행사'라고 불리는 입학식은 많은 시간이 소요되었지만 한 사람씩 자신을 소개하는 기회를 줌으로써 학생들의 사기를 북돋아주는 분위기가 매우 인상적이었다.

학부에서 생물학, 유전학 공부를 한 학생들이 많았지만 적지 않은 학생들이 문과를 전공했다고 자신을 소개하였다. 딸아이도 학부에서 사회학 계통을 공부하였기에 다시 의예과를 1년간 공부해야 되었지만, 학부에서 문과를 졸업한 학생들에게 의예과 과정의 기회를 제공하는 미국의 교육제도가 고마웠다.

유펜대학은 전도자 조지휘필드에 의해서 설립 추진되다가 벤자민 프랭클린과 동료들에 의해 1751년에 개교하였다. 1765년에 세워진 의과대학은 미국 최초의 의대로 알려져 있다. 과학자이자 정치가였던 벤자민 프랭클린은 실용성과 응용성을 중요시하고, 사회 환원과 실용을 강조하는 학풍을 만들어갔다.

"도덕성이 배제된 법은 쓸모없다"가 학교의 표어였다. "인간성을 회복시키고 사람을 살리는 것이 법 정신이다"라는 뜻이 아닌가 생각해 보았는데, 의학도 마찬가지라고 생각한다.

유펜 의료진의 주요업적 중의 하나는 '필라델피아 염색체'의 발견이다. 인체의 모든 유전정보는 23쌍, 즉 46개의 염색체 안에 있다. 염색체 안에 키가 크다든지, 쌍꺼풀의 눈이라든지, 혹은 왼손잡이 등의 형질을 결정하는 유전자가 들어있다.

1960년 노웰 박사와 헝어퍼드 박사는 최초로 백혈병 환자들에서 22번의 염색체가 정상보다 매우 짧아져 있는 것을 발견했다. 이는 암이 유전자의 결함으로 생긴다는 첫 증거이기에 매우 중요한 의미를 띤다. 비정상적인 22번 염색체를 발견한 연구진이 필라델피아에서 일을 했으므로 '필라델피아 염색체'라고 명명되었다.

이 발견은 의학연구에 엄청난 변화를 일으켰고 이를 토대로 연구가 계속된 결과 40년 후에 기적의 항암제로 불리는 '글리벡'이 탄생하였다. 필라델피아 염색체는 만성골수성 백혈병을 일으키는 티로신 카이네이즈를 만들어 내는데 이를 선택적으로 억제하는 약이 바로 '글리벡'이다. 마치 유도 미사일처럼 암세포만을 선택하여 파괴하므로 부작용이 매우 적다. 이 항암제의 등장으로 만성골수성 백혈병 환자의 생존률은 14%에서 95%로 올라갔다. 그 후 암세포만을 표적으로 하는 항암제가 여럿 개발되었다.

이런 성공의 과정에는 여러 사람들의 노력이 더해져야 했다. 글리벡의 초기 시험단계에는 아무도 비용을 투자해서 임상실험을 하기를 원하지 않았다. 드러커 박사는 죽어가는 암 환자들에게 해줄 게 없다는 걸 절감하고 노바티스 제약회사를 찾아가 임상실험을 설득했고, 맥나라마라는 환자는 3천여 명 환자들의 서명을 담은 청원서를 노바티스에 제출하였다. 그 후 임상실험에서 놀라운 효능이 입증되었고 2001년 글리벡은 승인되었다. 이 과정에 깊은 감명을 받은 나이키의 창업자 필 나이트는 드러커 박사에게 1억 달러를 기부하여 나이트 암연구소를 세우게 된다.

필라델피아에 간 김에 그곳에서 멀지 않은 유명한 식물정원 '롱우드 가든'도 방문했다. 130만 평의 넓은 대지에 5,500여 종의 식물정원과 분수정원, 이탈리안 워터가든, 야외극장 등이 어우러져 방문객들의 마음에 아름다움과 사랑을 꽃 피우고 있었다.

이 정원은 프랑스 이민자의 후손이며 합성고무, 나일론 발명으로 유명한 '듀퐁' 씨가 기증한 것으로 그의 생전에 이 정원에서 많은 사람들을 초청하여 파티를 했다고 한다. 크리스마스 때는 직접 아이들에게 선물을 나누어 주었는데 그가 정원의 주인인 것을 밝히지 않았기에 그가 유명한 '듀퐁' 씨인 줄 모르는 손님도 때로 있었다고 하니 그의 겸손한 인간미에 머리가 숙여진다.

나는 딸아이와 젊은 의학도들이 좋은 지식뿐 아니라 필라델피아의 선구자들이 보여준 의학의 실용화와 지식과 부의 사회 환원을 많이 배우기를 기도했다.

가을의 선물

가을이 깊어질수록 집 앞 단풍나무 잎들의 색깔이 붉은빛, 노란빛을 더해간다. 알록달록한 이파리들이 아침 햇살에 반짝이며 나에게 손을 흔들어 준다. 옆 마당 감나무에는 진홍빛 감이 탐스럽게 열렸다.

경이롭도록 아름다운 색깔들이 나의 바쁜 일상을 잠시 멈추게 한다. 여유 없이 달려온 삶을 돌아보며, 감사의 순간순간들이 모여 오늘이 있다는 것을 알게 된다. 아! 감사의 열매를 맺기 위해 지난여름은 그렇게도 뜨거웠고 우리의 삶은 그다지도 치열했던가. 가을이 깊어갈수록 날씨가 차가워지고 병원에는 환자가 많아진다.

입원 병동에 있는 환자들의 병명도 단풍 색깔만큼이나 다양하다. 갖가지 다른 병을 가진 환자들의 한결 같은 소원은 건강을 회복하여 가족들과 시간을 보내는 일이다. 그런데 회복되기 전 병원에 있는 동안에도 나름 소박한 바람들이 있다.

병원 가운만 걸치고 있는 환자들은 대부분 아름다운 옷을 입고 구두 소리를 내며 걷는 사람들을 무척 부러워한다. 나도 환자로 누워 있었을 때, 병원을 나가면 멋있게 걸어보아야지 했었다.

대장 또는 맹장 수술을 하고 누워 있는 환자의 기다림은 방귀를 원 없이 뀌는 것이다. 대변을 볼 수 있다면 더 바랄 게 없다. 심장수술을 하고 누워 있는 사람은 아픈 가슴뼈의 통증이 사그라들어 실컷 웃어보고 싶은 심정을 하트 모양의 베개로 누르고 있다. 전립선 환자는 시원하게 소변을 보고 싶어 한다. 소변이 안 나와 발을 동동거리다 병원 응급실로 오시는 분들도 많다.

내가 자주 대하는 신장투석 환자들은 콩팥기능이 떨어져 소변양이 줄어든 분들이다. 따라서 투석 환자들은 물이나 수박 등 수분 많은 음식을 먹게 되면 허파에 물이 차서 호흡곤란을 겪는다. 이분들의 소원은 마음껏 물을 마셔보는 것이다. 또 혈관에 바늘을 찔러 넣고 투석하는 것을 면할 수 있는 신장이식의 날을 손꼽아 기다린다.

당뇨 환자들의 바램은 가족들 눈치 안 보고 스스로도 죄책감 없이 맛있는 케이크를 마음껏 먹어보는 것이다. 혈관이 안 좋은 사람은 기름에 튀긴 음식을 먹고 싶어 하고, 혈압이 높은 사람은 간이 짭짤한 음식을 먹어본다면 부러울 것이 없다고 생각한다.

관절 환자는 지팡이 없이, 통증 없이 걸어 다니는 사람들을 부러운 눈으로 쳐다본다. 머리 수술하신 분은 가려운 머리를 언제나 시원하게 감을 수 있느냐고 의사에게 묻는다. 불면증에 시달리는 분은 "며칠 동안 잠을 못 자서 죽을 것 같다." 하면서도 여전히 살아 계신다.

여러 종류의 암으로 투병하는 환자들은 속이 울렁거리지 않고 음식을 먹을 수 있으면 좋겠다고 한다. 그 불편한 정도가 배 멀미와는 비교도 안 된다고 한다.

우리가 아침에 일어나 대소변을 보고, 세수를 하거나 샤워를 하고, 아침을 먹고, 걷거나 차를 타고 일하러 갔다면 우리는 위의 많은 환자들의 소원을 이미 이룬 것이다. 더 나가서 커피를 마시고 일을 하면서 때로 의견 차이로 다투기도 하지만 일과를 마치고, 일용할 양식을 구할 수 있었다면 우리는 많은 것을 성취한 것이다.

그리고 집으로 돌아와 저녁을 먹고 피곤해서 쓰러져 잠에 곯아 떨어졌다면 우리는 많은 사람들이 원하는 바램의 대부분을 이룬 것이다. 우리의 소원이 모두 이루어지진 않았어도, 우리가 죽지 않고 살아있다면 병상의 환자들이 바라던 소원의 몇 가지는 할 수 있음을 깨닫게 된다.

삶에 주렁주렁 달린 감사의 열매를 생각하지 않고 일상을 당연한 것으로 여기며 살아온 자신을 반성한다. 단순한 일상을 눈물겹도록 기다리며 소원하는 환자들 앞에서 더욱 겸손해져야 할 것 같다. 그런 분들 앞에서 옷깃을 여미며 걸음걸이조차도 조심하여 사뿐히 걷고, 말도 조용히 차분하게 하여야 될 것이다.

평범한 일상조차도 내가 만들어낼 수 있는 것이 아니고 조물주께서 나에게 허락하신 선물이다.

나폴레옹과 의료개혁

작년 말 북한의 장성택 처형 뉴스를 듣는 순간 내 머릿속에는 조지 오웰의 ≪동물 농장≫이 떠올랐다.

이야기는 간악한 돼지의 선동을 받은 동물들이 주인 존스 씨를 착취자라며 농장에서 쫓아내는 것으로 시작된다. 인간을 쫓아낸 동물들은 "동물은 누구나 술을 마셔서는 안 된다. 동물은 누구나 다른 동물을 죽여서는 안 된다. 모든 동물은 평등하다.…"의 7가지 계명을 걸고 혁명을 일으키며 낙원을 꿈꾸었다. 모두가 기아와 채찍으로부터 해방되고 모두가 평등하며 각자 자기능력에 따라 일하고, 강자가 약자를 보호해 주는 사회였다.

그러나 그 꿈은 나폴레옹이라는 영리한 돼지가 권력을 잡으면서 빗나가기 시작했다. 나폴레옹은 온갖 기만과 수단을 동원하여 독재체제를 구축한다. 시간이 지나면서 헛간의 벽에 쓰여 있던 계명들은 동물들이 기억하고 있던 것과는 약간씩 달라져 있었다.

예로 제 6계명은 "어떤 동물도 이유 없이 다른 동물을 죽여서는 안 된다."라는 말로 바뀌어 있었다. "모든 동물은 평등하다."는 계명은 "모든 동물은 평등하다. 그러나 어떤 동물들은 다른 동물들보다 더 평등하다."로 변해 있었다. 권력을 완전히 장악하기 위해 다른 지도자 스노우볼과 그와 비슷한 비판적 생각을 가졌던 동물들은 가차 없이 추방 혹은 처형되었다. 물론 이유가 그럴듯하게 설명되었고, 누구 하나 질문할 수 없는 공포 분위기가 조성되었다.

곧 이어 나폴레옹은 영도자, 모든 동물들의 아버지, 양 우리의 보호자, 새끼 오리의 친구 등의 칭호를 받게 된다. 그는 인간이 살던 농장 집 안에서 살면서 개들의 시중을 받게 되며, 왕관이 그려진 도자기에 식사를 하게 된다. 더 많은 두뇌 작업을 위해 그런 휴식이 필요하다는 설명으로 그는 모든 불평을 잠재웠다.

마침내 권력투쟁에서 승리한 돼지들은 새로운 지배계급이 되어 하급 동물들을 완전히 착취한다. 지배 받는 동물들은 처음 품었던 꿈이 무엇이었는지조차도 기억할 수 없었다.

그 즈음에 다섯 번째 계명도 일반 동물들이 잘못 기억하고 있음이 발표 되었다. 제5계명이 "동물은 누구나 술을 마셔서는 안 된다."는 것으로 알았지만 그들이 잊었던 두 단어가 있었다. 실제로 그 계명은 "동물은 누구나 술을 과도하게 마셔서는 안 된다"는 것으로 되어 있었다. 고위층 돼지들은 인간들과 같이 집 안에서 앞발로 술이 가득한 축배를 들고 있었다. 집 밖에서 이 광경을 보던 동물들의 눈물 젖은 눈으로는 어느 것이 돼지인지 사람인지 분간할 수가 없었다.

요즘 미국 내 의료개혁이 한창 진행 중이다. 의료개혁의 꿈은 "모든 미국인은 질병의 위협으로부터 보호받을 의료혜택의 권리가 있다. 모든 인간은 양질의 의료혜택을 받을 수 있어야 한다. 의료보험은 누구나 가질 수 있도록 저렴하여야 되며, 국가와 부자는 가난한 자를 도와주어야 한다." 등등이 될 것이다. 그러나 나는 개혁 과정 속에서 새로운 '나폴레옹'이 나올까봐 걱정이 된다. 보험회사, 특정 병원 아니면 매니지먼트 회사, 혹은 탐욕스런 의료인들도 새로운 나폴레옹이 될 수 있다.

그는 다음과 같이 말할지 모른다. "모든 인간은 평등하다. 그러나 어떤 사람들은 다른 인간들보다 더 평등하다." 그리고 덧붙일 것이다. "내가 더 나은 두뇌 작업을 하기 때문에 많은 이익을 챙기는 것은 결코 지나친 일이 아니다. 결과적으로는 모두가 혜택을 보게 될 것이다."

인간은 꿈이 있기에 동물들과 다르다. 그런데 그 꿈이 변질되지 않아야 행복을 가져다주는 근원이 되고, 반드시 다른 사람의 행복을 배려하는 '자발적 희생'이 포함되어 있어야 하는 것이다.

"금이 아름다운 것을 알게 되면, 별이 아름답다는 것을 잊어버린다."는 독일 속담이 있다. 그동안 내 마음이 흐려져 별의 아름다움을 잊고 지내지는 않았던가. 1월의 차가운 기운이 감도는 밤하늘의 총총한 별들은 유난히도 반짝거리며 '별은 금보다 아름다운 것'이라고 이야기해 주고 있었다.

걸음걸이

병원 입구에서 엄마의 손을 잡은 아기가 아장아장 걷는다. 그 옆에는 언니, 오빠 같아 보이는 아이들이 장난을 치며 뛰어다닌다. 내과 병동으로 올라오니 얼마 전에 고관절수술을 받고 물리치료사와 걷는 연습을 하는 할머니와 심장병을 가진 아저씨가 다리가 4개 있는 위커를 잡고 걸으면서 기운을 돋우고 있었다.

아기들과 어르신들을 번갈아 보며 '인생은 대칭형'이란 생각이 든다. 네 다리로 기어 다니던 인간은 두 다리로 걷다가 나이 들어 다시 다리 숫자가 늘어난다.

네 발로 기는 동물이 진화해 두 발로 걷는 인간이 되었다는 의견은 기어 다니던 아기가 걷게 되는 과정을 유심히 관찰하면 별로 설득력이 없다. 인간은 동물과 달리 원래부터 걸을 수 있는 존재로 만들어져 있었다.

아기가 태어나 자라면서 기다가, 뒤뚱뒤뚱 걸음마를 하다가, 돌쯤

되어서는 걷기 시작한다. 네 발로 기어 다니던 아기가 걸음마를 시작할 때면 오히려 할머니, 엄마들의 재롱이 더 볼 만하다. 몇 발짝도 못 떼고 엉덩방아를 찧는 아기들을 보며 할머니는 어깨를 들썩 들썩거린다. 아기 엄마는 자기 아이가 달리기를 가장 잘하게 될 것이라고 예언한다.

세계에서 걸음걸이가 가장 예쁘다는 미국사람들을 보면 걸을 때 다리를 쭉쭉 뻗으면서 패션모델들처럼 엉덩이를 씰룩거린다. 그렇게 걷는 걸음은 건강에도 좋아 뱃살도 잘 빠진다고 한다.

걸음걸이는 여러 질병으로 영향을 받게 된다. 관절염, 다리수술, 뇌졸중 그리고 저혈압이 보행에 지장을 준다. 다리로 가는 혈관이 좋지 않아 산소공급이 안 되는 경우 걷게 되면 장단지에 통증과 경직이 올 수 있다. 65세 이상에서 100명당 1명꼴로 생기는 파킨슨병 환자는 걸을 때 보폭이 좁아지고 발을 바닥에 끌면서 걷게 되며 팔의 흔들림은 거의 없고 몸은 약간 구부린 상태이다. 보행을 시작 할 때나 걷다가 돌아야 할 때에 발이 땅에서 떨어지지 않아 발걸음을 옮기지 못하는 경우가 많다.

상황에 따라 지팡이, 바퀴가 4개 혹은 2개 있는 워커 등 여러 보조기구가 걸음을 도와줄 수 있다.

연구에 의하면 걸음걸이 속도가 치매와 심장병 사망률을 미리 알아볼 수 있는 가장 단순하면서 정확한 측정방법이다. 1초에 1m 이상 걸으면 건강이 좋고 0.6m정도밖에 못가면 아주 좋지 않은 예후를 말해 준다.

또 다른 테스트는 의자에 앉아 있다가 일어서서 3m정도 걷고 돌아와서 다시 원래 의자에 앉는 것이다. 10초 미만에 그 테스트를 마칠 수 있으면 건강과 운동능력이 좋은 것이고, 20초 이상 걸리면 매우 안 좋은 것이다. 치매를 예방하는 가장 좋은 방법도 운동이라고 하니 열심히 걷는 운동이 매우 중요한 것 같다.

　예쁘게 빨리 걷는 걸음을 연습해 보면서 문득 떠오르는 생각이 있다. 빠르고 아름다운 걸음도 좋지만 바른 길을 걷는 것이 인생에서 얼마나 더 중요한가? 앞서 간다고 먼저 갔지만 잘못된 길로 들어서 돌아가며 후회한 적이 얼마나 많았던가? 인간이 우주 속에서 우연히 만들어진 존재가 아닐진대 분명히 가야 하는 바른 길이 있으리라. 그 길은 희생이란 문을 통해 갈 수 있는 좁은 길이다. 좁은 길에는 기쁨과 평화의 나무들이 있고 그 위에는 사랑과 감사의 열매가 있다. 감사와 사랑의 열매를 다른 이들과 나누는 그 길은 천천히 걸어도 즐겁고 웃음이 넘치는 길이다.

나의 '노란 잠수함'

　딸아이가 생일 선물로 준 입장권으로 남가주의 명소, 디즈니랜드를 다녀왔다. 나이가 들어도 꿈과 상상의 나래를 펼 수 있고 동화 속에서나 만나던 주인공들을 보고 잠시나마 걱정 근심을 잊을 수 있으니 언제라도 또 가보고 싶은 곳이다.

　우리 부부는 그중에서도 니모 잠수함 타기를 좋아한다. 노란색과 파랑색의 니모 잠수함을 타고 물속에 들어가면 창문을 통해 인공적인 것이지만 온갖 바다의 진기한 풍경과 생물들을 볼 수 있다. 완전히 새로운 세계가 펼쳐져서 실제로 바다 속에 들어가 보지 않은 사람들에게는 제법 흥미진진하다.

　바깥에서 보면 그저 잔잔한 물과 변화 없이 딱딱해 보이는 잠수함의 꼬리뿐이지만 들어가 보면 바다 속은 무척 다른 세상이다.

　나의 진료실은 겉으로는 매일 똑같은 일이 반복되는 매우 단조로운 곳처럼 보인다. 마치 바다의 표면 같다. 그러나 진료실 문을 열고 그 안에 들어가 있으면 온갖 다른 세상이 펼쳐진다.

환자들의 인종, 배경, 속사정과 살아온 인생길이 어쩌면 그렇게도 다양할 수가 없다. 질환의 종류는 어찌 그렇게도 많은지! 바다 속의 각종 고기나 이름 모를 해초들의 종류만큼이나 많다고 할까. 또 같은 질병이라도 환자들의 증상은 저마다 다른 경우가 많다.

나는 매일 나의 '노란 잠수함'을 타고 여러 환자들과 갖가지 연유로 만난다. 매일 새롭게 펼쳐지는 도전과 긴장으로 하루를 지내다가 5층 사무실 창문으로 밖을 내다보면 어느새 디즈니랜드 쪽에는 땅거미가 몰려온다.

붉은 저녁노을에 반사되는 수정교회의 종탑은 내 마음을 먼 고향으로 달려가게 하곤 한다. 미국 병원에서 수련 받고 난 후 고향이 그립고 정이 그리워 한인들이 많은 남가주로 와서 개업한 지 어느새 이십 년이 넘었다.

다른 환자들과 비교해 한인 환자들의 가장 큰 특징은 역시 정이 많다는 것이다. 많은 분들이 고맙다는 표시로 정에 넘치는 선물들을 가져다 주신다. 한국에 다녀오시면서 속옷과 양말을 사다 주시는 할머니도 계시고, 손수 짜신 장갑, 목도리, 조끼를 주시기도 한다. 추운 겨울에는 얼마나 훈훈한지 모른다.

환자 중에는 미국 전역을 다니며 산삼을 캐는 분이 있다. 얼마 전에는 그분이 언덕에서 미끄러져 손발이 긁히고 엉덩이에 멍이 들어가며 캔 산삼 뿌리 여러 개를 가져와 건강하라고 격려를 해주셨다. 산삼을 입에 넣어보니 씹을수록 쓴맛 때문인지 그분의 정성 때문인지 몸이 약간 떨렸다.

그 외에도 직접 만든 만두, 떡, 콩국수, 각종 김치, 빈대떡 등 미국 의사들이 보면 깜짝 놀랄 선물들과 뜨거운 정성에 탄복한다. 아무리 냄새가 나도 이런 음식은 진료실에서 꼭 먹는다. 꼬깃꼬깃 모아 놓았던 용돈 10달러를 '점심 사 드시라'며 주시는 할머니의 손길에 목이 메인다.

이러한 분들의 사랑에 긴장과 피로가 눈 녹듯 사라진다. 정이 많으니 누군가 입원하게 되면 병문안을 많이 오는 민족 중 하나가 한인들이다. 히스패닉만큼이나 한인들도 병문안을 많이 온다. 그리고 환자가 임종을 할 때 그 자리를 꼭 지켜야 한다고 생각하는 민족이 또 우리 민족인 것 같다. 영혼이 하늘로 갈 때까지 외롭지 않게 함께해 주려는 인정 때문이리라.

정에 울고 웃는 우리 민족이 너무 좋아서 나는 매일 '노란 잠수함'을 타고 하루하루를 새롭게 맞고 있다. 오늘 내가 섬길 사람은 누구일까.

강한 자도 집이 필요하다

명절에는 고향이 더욱 그립다. 고향에는 부모, 친지와 친구가 있고 마음 편한 따뜻한 집이 있다. 나를 꾸밀 필요도 없이 있는 그대로 언제나 편안하게 맞아줄 분들이 있는 곳.

대부분의 환자분들이 질병으로 병원에 입원되자마자 하는 말은, "집에 언제가게 되나요? 빨리 집으로 보내 주세요."이다. 혹 먼저 퇴원하는 환자를 보면 마냥 부러워한다. 그러면 나는 "집에 꿀단지가 있나요?" 하고 환자에게 되물어 보면서 생각에 잠겨 본다. 우리 모두에게 진정 가길 원하는 집이 있는가?

몇 해 전에 다녀온 아프리카 남부, 보츠와나 오카방고 초원 생각이 났다. 마침 우기가 막 끝난 후라 초원에는 연푸른 새순들이 쑥쑥 자라나 임팔라, 들소, 얼룩말, 기린들이 평화로이 풀을 뜯으며 뛰어다니고 있었다. 그러나 부드러운 초목 뒤에서는 강한 사냥꾼 사자, 표범, 들개들이 무섭게 이들을 노리고 있었다. 연초록의 먹이를 뜯고 있는 모든 순간조차도 위험한 순간임을 아는지 모르는지 순진한 눈망울을 가진 임팔라의 모습은 아름다우면서 가련하게 느껴졌다. 이 초식동물들은 사자에게 밤에도 사냥감이 될 수 있기 때문에 편히 쉬지 못하는 듯했다.

레인저의 안내로 우리 일행은 지프차를 타고 돌아다니며 각종 새들과 코끼리, 하마, 표범, 사자들을 보았다. 마치 동물원이나 만화영화에 나오는 순한 인형들처럼 느껴져서 손을 내밀어 먹이를 주고 만지고 싶은 생각조차 들었다. 가까이 가서 그들의 날렵하고 거친 행동을 보고서야 문득 위험함을 느끼곤 하였다.

드라이브 중 들개를 만났다. 모두 숨을 죽이고 들개들의 행동을 주시하였다. 한참이나 조용히 있던 들개들은 바람에 실려 오는 냄새를 맡고 코를 벌름거리며 귀를 쫑긋하더니 느닷없이 한쪽 방향으로 뛰기 시작했다. 레인저는 전속력으로 지프를 몰아 그들을 따라갔다. 얼마 멀지 않은 곳에서 들개가 임팔라를 공격하였다. 한 들개가 임팔라의 목을 노리자 다른 개는 몸통을 갈라놓았다. 곧 몸통은 들개들에 의해 뜯겨져 먹히고 있었다. 들개들은 서로 큰 부분을 먹으려고 싸우면서 허겁지겁 먹이를 먹어댔는데 곧 하이에나와 독수리가 피 냄새를 맡고 몰려오기 때문이란다. 심지어는 사자와 같이 강한 자들도 먹잇감을 먹을 때는 주위를 살피며 먹어야 된다니 편안히 식사를 하는 동물은 없는가 보다.

그렇게 허겁지겁 식사를 한 들개들은 만족스러운 듯 쉬더니, 그것도 잠깐, 곧 길을 떠나기 시작하였다. 주위를 살피며 떠나는 사나운

들개들도 무엇인가에 쫓기는 듯한 모습이었다. 안내원의 이야기는 이 들개들과 마찬가지로 강한 동물들도 항상 적들을 살피며 먼 거리를 이동하며 산다고 했다. 기후와 물에 따라 지역을 옮겨 다니며 사는 이 동물들을 보며 이들이 내일은 어떻게 식량을 해결할 것이며 어디에 편안한 안식처를 마련할 것인가 생각해보았다. 가다가 더 강한 자나 적의 집단을 만나면 어떻게 할 것인가? 언제까지 그렇게 떠돌다가 독수리의 밥이 될 것인가?

초원의 다른 곳으로 돌아가 보니 커다란 들소, 코끼리, 하마의 뼈가 을씨년스럽게 땅에 뒹굴고 있었다. "상당히 빠르고 강한 동물들이 어떻게 죽어 뼈만 남게 되었는가?" 하고 물었다. 많은 동물들이 병들기도 하지만, 뛰다가 웅덩이나 장애물에 빠져 다리를 다쳐서 그 자리에 쓰러지면 먹지 못하고 약해지고 다른 동물들의 공격을 받는다고 하였다. 다리를 다쳐 그 자리에 쓰러진 자들에게 음식을 가져다주는 자들도 없고, 데리고 갈 병원도 없는 오로지 약육강식만 있는 곳이 그 초원이었다. 평화로워 보이는 수풀 속에 승자도 패자도 없이 편히 쉴 곳 없는 오카방고 초원은 마치 우리가 살아가는 세상과 비슷하다고 느껴지기도 했다.

누가 우리 인간을 동물의 한 부류라 하였던가? 우리는 이 땅을 그저 떠도는 자들이 아니다.

우리 인간들에게는 아프면 찾을 수 있는 병원이 있고 돌아갈 집이 있다. 넘어져서 다치거나 아플 때 음식을 가져다주는 친척, 이웃들이 찾는 곳, 모여서 슬퍼해 주는 가족들이 있는 곳, 그곳이 집이요 고향이다.

집에 가서 편안히 쉬겠다는 환자의 말이 가슴에 와 닿는다. 그리고 이 땅을 떠나는 날, 언제나 어떤 모습이라도 따뜻하게 맞아주시는 아버님이 계시는 영원한 집이 있다는 사실에 위로를 받는다.

영역 작품

translated by Young Gunn

The waves are simply meant to be enjoyed

Before my son was able to drive, I was obligated to give him a ride to surf at Newport Beach during morning hours. These days I look forward to taking him to the beach out of my own curiosity. It is such a blessing to live only twenty minutes to the ocean. When everything is still dim at the break of dawn, my son changes into a wet suit between the cars parked on the street. It is noticeably more colorful than the wet suits worn by famous female divers of Jeju Island, Korea. The early morning at the coast of California is always chilly due to the cold currents coming from Alaska. Though heavily clothed, I still feel my body shivering with cold, but my son looks only excited in anticipation of having fun.

Finished putting on his wet suit, he warms himself up with his friend, and starts walking on the cold beach sand towards the sea. There is one last process to take before immersing in the water. Urinating in the wet suit is highly advisable, because the liquid will form a very warm membrane between the wet suit and the human skin. It is indeed amazing that even such bodily secretions can be so useful. Carrying a surfboard, he now swims deeper into the sea.

I walk and hover around the sand beach. California's seawater is chilly enough for anyone to withstand more than fifteen minutes even in the middle of a hot summer day; so how suicidal would it be for me to soak myself in the winter sea at the freezing dawn? Besides, I have never learned how to surf. To be more precise, I have never been capable of learning it. When my son was seven years old, I had taken my family on a trip to Hawaii. I joined Hawaii surfing lessons, and started learning together with my son and daughter. Only after a quarter of the day, my kids were able to stand on the surfboard and briefly ride on the waves. However, I even had trouble with lying flat on the surfboard and keeping balance. Countless times the board caved over, knocking me down into the water. After two days of struggling with all of my strengths and efforts, I finally gave up. Realizing the difficulties, I could only admire the people lying on the surfboard and heading against the waves. Come to think of it, I should've foreseen my failure. As a man who grew up in Korea with no previous experience of even riding a skateboard or snowboard, how could I have balanced myself on the surfboard? From that time on, my son continuously developed his surfing skills, and I ended up walking by myself on the sandy beach. Mercifully, I have found it a fun activity to walk on the beach and watch people surfing.

The number of surfers increases gradually as time goes by, making it look like there is a colony of black seals on the sea. The silver waves surging through the surfers seem like numerous salmon swimming around. The dawn of California is ever hopeful for a new day. Early morning is reportedly the most suitable time to surf, because the rising tide of the waves is fairly constant. Despite the ceaseless surging waves, not all waves are fit to ride. Every surfer awaits to catch the wave that is desirable for a ride. When the height and shape of the wave most suitable for a surfer approaches, he would quickly spin and start paddling in the direction of the wave. By the time the wave reaches his board, he would hastily raise himself up and set his board on the front of the wave. The board then finally starts pushing forward by the strength of the wave. The level of expertise of a surfer depends on changing directions of the board with his body and feet, and pulling ahead as long as possible without falling on the wave.

Mother Nature constantly sends waves. It requires humanity no effort to create a wave. A surfer is granted to simply enjoy the waves delivered by the Great Creator. Every process of riding the waves is akin to human life. Sadly, there is a man who cannot surf even when an opportunity is given. I could've just enjoyed the surging waves, but foolishly struggled to create waves by myself.

Sometimes, the seawater suddenly calms down, generating no waves at all. Then, every surfer perches on the board and just keeps waiting. If the waiting becomes longer, the surfers relieve the boredom by conversing with one another. Patiently enduring a long wait is also a great skill to obtain.

Watching the surfers persistently hanging on when there is no wave, I humbly learn that perhaps now is the time for me to wait. Sooner than later, an exciting wave I have been longing for will rush upon me.

Aloha 'Oe

Finally after so many years, an undutiful son has visited his parents living in Hawaii.

Hawaii! An island full of love and romance. I stare at the cobalt blue sea from under palm trees around Waikiki Beach, and feel as though my old lover would draw near to me by the soft trade winds. This is also a place full of stories that make me sink into nostalgia whenever I sing "Aloha' Oe" while gazing at the setting sun.

Like many other Korean immigrants, there exists a deep—rooted joy and sorrow of my family in this island. My father had left his home country to study abroad by himself and settled down in Hawaii. My family members lived their lives for several years yearning for the day of joining together in Hawaii.

As a medical school student in Korea, I was going through a difficult time, separated from my family in order to finish my studies. After graduation, I finally came to America, but struggled to settle down. Oftentimes, I would lie down under the palm trees around Waikiki Beach and look up at the sky. White clouds endlessly floating through the trees seemed like myself, wandering aimlessly after leaving my homeland. Even worse, I wondered why palm tree thorns would sting so terribly!

The history of Korean immigrants in Hawaii goes all the way back to the early 1900s. After a sugar plantation executive in Hawaii received Emperor Gojong's permission of emigration, 121 Koreans boarded the RMS Gaelic, an American passenger and cargo liner, at Jemulpo on December 22, 1902 and departed for Hawaii. With the sorrowful sound of boat horns in the background, there was reportedly a sea of tears shed from the families and relatives who were waving goodbye to their outbound beloved ones.

Our ancestors, who first set foot on this island as immigrants, were engaged in heavy labor, oftentimes receiving a whipping and getting pricked by sugarcane. The majority of them were old bachelors, and that was how marriage arranged upon the exchange of photographs had started. About a decade after the first immigrant ship, "picture brides" crossed the Pacific with a hope to meet their grooms for the first time.

However, the grooms they finally met after arriving at Hawaii looked completely different from their appearances in the photographs. These men were as old as brides' fathers with an ungainly look and receding hair. Unable to pay for ship fare due to poverty, picture brides reluctantly got married and started their new life in Hawaii.

Many stories that bore the fruits of love even under such circumstances are well portrayed in the work "Love of Picture Brides" written by Lee Unho. During the Japanese colonial period, there were many among the picture brides and laborers who made donations for Korea's independence movement. My family had received a great help from Yang Namsu, then one of the picture brides in the early years of immigration. Here, I want to express my sincere gratitude to immigrant pioneers including her.

I find myself filled with emotions as I visit Waikiki again a quarter of a century after I had first set foot in Hawaii. At Waikiki Beach, I bumped into a newly married couple enjoying their honeymoon. I asked them how they'd met, and they responded that they developed their love on the Internet. While chatting with each other for several hours a day online, their friendship gradually deepened into love, which eventually led to marriage. I felt as though their story was a modern version of a picture bride.

The years have passed by, and communication technology has developed remarkably, but the hearts of people yearning for affection remain constant. I asked the bride how it was like for her when she finally met face to face with her man, and she replied it was so different from what she expected. Her response was both interesting and odd to me, because she felt such a difference even after chatting with him for so long and seeing his appearance on the webcam many times. Perhaps we all create the images of Prince Charming or gorgeous Snow White, and just keep waiting for them to appear to us.

Just like old times, the sands of Waikiki Beach are evermore soft and lovely, and cobalt blue waves still become dear friends of beautiful ladies. While watching the kids running around and having fun on the shore, I feel my heart still hoping to be young, full of bright dreams toward a promising future. But in reality, I encounter an unfamiliar man in the mirror standing at a store on the beach. How have his hairs grown so gray and face so changed?

It is also obvious that my parents, whom I've met after

a long time, have become an old, frail couple, absent the vigor of their early immigrant years. I sit on the beach with my parents, reminisce about our good old days, and start singing together "Aloha 'Oe".

The sinking sun is exceptionally reddish today. The moist horizon makes the red sun look like it's trembling.

Kim Valjean of the Emergency Room

The serious economic crisis makes the cold weather feel even chillier. In the meantime, a debate on healthcare reform is in full swing. When I think about the uninsured, I do believe there must be a reform, even a revolutionary one.

The cold season brings back to me a memory of a man. Many years have passed, but I still cannot forget about him. He was a Korean man with the last name "Kim", and he entered a hospital emergency room one day, complaining of a stomachache. The examination of the ER doctor concluded that Kim had to undergo colorectal surgery. Since he was an uninsured Korean man, the hospital searched for a Korean doctor who would attend to him, and I happened to be the one receiving the contact. I headed to the hospital and had a close look at his condition. Despite his urgency for surgery, Kim reiterated that he didn't have insurance and insisted on leaving the hospital with only some medicine.

The situation reminded me of the time when I had an attack of appendicitis back in the day as an uninsured, unemployed, new immigrant in America. I remembered saying the exact same words to Dr. Hwang, a surgeon I had met in the emergency room. Recalling the reaction of Dr. Hwang at that time, I was now repeating his response to the patient.

"Life is more important than everything else. Just listen to me and undergo surgery."

He was hesitant, but had no choice. I rushed to contact my friend surgeon who worked close by.

"Dr A, please do me a favor. Here I have a poor uninsured patient in serious condition. Let me ask you to perform surgery on him."

I absolutely had no right to ask him for such favor, but just as several times before, my friend doctor, also a Korean man living with a strong sense of duty and loyalty, went on to perform an emergency surgery without any complaints.

After a successful surgery, the condition of the patient improved day by day. During daily physical examinations held at the hospital, I shared conversations with him and learned that he was an undocumented immigrant who had been surviving by slightly changing various identifications. He was also suffering from severe economic difficulties and family trouble. He was gradually returning to form every time I faced him in the hospital, but his sigh grew heavier. Finally, it was time for him to be discharged from the hospital.

"I don't know what to do, Doctor."

"I can help you spread payments over a long term."

"That won't be easy as I wish, either. I will be at risk of exposing my status."

It wasn't my position to accurately grasp every secret he was carrying. When I told Dr. A about the situation, he pointed the location of an exit that would not ring the emergency alarm. Security cameras were also scarce in those old days. I knew exactly what he was implying. At last, I said to the patient, "Mr. Kim, that door over there is connected straight to the exit, and there's no surveillance camera. Tomorrow, no one will notice between 7 and 8 a.m. while nurses change shifts." Standing face to face, I could see his eyes twinkling.

Around 8:30 next morning, I made my round in the hospital ward, and came across the nurses who were deeply worried about a disappeared patient.

All day long, I couldn't help but thinking about Jean Valjean and Bishop Myriel featured in Les Miserables.

For stealing a piece of bread, Jean Valjean is stigmatized as an ex-convict and falls so low in a situation no better than a dog. Bishop Myriel benevolently provides him help and shelter, but angry and bitter Valjean is not satisfied, and steals Myriel's silverware and runs off. He is captured by the police and dragged back to the Bishop. At that desperate moment, the Bishop falsely testifies to the police, "I had given him the silverware as a gift". And he further adds, "You forgot to take these two silver candlesticks." Then, he hands Jean Valjean the candlesticks as well. Such mercy and love melts Valjean's heart full of rage and hostility. After hours of weeping that night, Jean Valjean finally finds a light of redemption and a new man is born within himself. Later on, he experiences the French Revolution, grounded on the spirit of philanthropy, equality, and freedom.

Even these days, I deliberately exit the hospital via the emergency stairs that must have been used by "Kim Valjean". My primary intention is to have a little exercise instead of using the elevator, but whenever I walk down the stairs, I pray to God, who had forgiven Jean Valjean, to forgive my sins as well.

I anticipate that Kim Valjean has been born again by love and forgiveness, and is somewhere right now, reaching out his helping hands to the poor and needy.

River of Life

Black pearl necklaces unhooked and dispersed upon the Indian Ocean... An opportunity was granted for me to once again visit Indonesia. I felt as though it was my calling to head to Borneo, still crammed with tropical forests under the blazing sun of the equator. I had been a bit reluctant due to quite an arduous journey to get there. However, unable to forget those innocent souls that needed me, this time I made a decision to go with other motivated volunteers.

We changed three different planes, rode in a car, and then transferred to a light aircraft that had the capacity of six people. When we finally arrived at a jungle village after two days, we felt like we were standing at the edge of the Earth. Despite the inconveniences of unavailable electricity, phone, TV, Internet, and other various civilized facilities, it was still pleasant and meaningful to stay there looking after ingenuous inhabitants.

The chorus sounds of jungle bugs, audible under the glittering stars in the pitch—dark night, reminded me of my cozy hometown. The crowing of a rooster that accurately woke up the dawn hastened another new day. The duty of our company was to provide medical care, dental treatment, and glasses or sunglasses as needed. Sunglasses were hugely effective of preventing cataracts often caused by ultraviolet rays on a tropical island. It was unfamiliar, but interesting at the same time to see the inhabitants walking around the jungle village wearing clothes and sunglasses that we had given them as gifts.

We also ascended along Kapuas River that crosses the western part of Borneo. Over 1,100 km in length, it was a severely meandering river, where red clay and black decayed tropical forests were mixed to create dark brown river streams rushing down fiercely. We visited one of many floating villages created along this river. Having this great river as a lifeline, the inhabitants cooked, washed clothes, took baths, and even eased themselves nearby it.

Fortunately, the inhabitants were suffering from much less waterborne diseases than I had predicted. Later, I learned that the water was cleaner in a meandering river than that in a straight river, due to more active purifying effects and full vitality. It is perhaps akin to the same reason why a person living in a slow, leisurely manner is healthier than a person always rushing to move ahead.

The inhabitants would take full baths once or twice a day in the river, but we were so faint-hearted to even try washing ourselves properly. Although we spent nights sleeping all curled up in the home built on hard wooden boards over the water, it was definitely a delightful experience to share times with them. What we could actually do for numerous patients was quite limited, but we did our best nonetheless. They treated us specially by dishing up the dinner with roasted wild boars and fried snakes. While enjoying the meal with them, we were saddened by such a short schedule granted for us to stay.

Watching the floating houses from a boat going through

the way back down on Kapuas River, I thought about my parents who emphasized that we should always keep gratitude for foreign missionaries who helped us when we were poor and sick.

My mother, who is the river of my life, had been eagerly waiting for me while fighting cancer during my stay in Indonesia. A week after my return, my mother gazed at me for a while with her eyes filled with love, and finished her beautiful journey of this world. Riding in a white carriage chauffeured by Death who was following the order of the Absolute Creator, she peacefully departed this life towards the Kingdom of Heaven.

My mother is now in a place without pain, but I beat my heart that aches from a huge void after her departure. A guilty son, yet as a doctor, has failed to help his mother live a little while longer in this world.

At least it is a mild consolation to me that I was able to attend to her in my house after discovery of her disease, and that she had said she was happy to be with her family during her final season of life. She used to be so delighted by watching a hummingbird that flew on the morning glory and sucked nectar. The hummingbird still flaps its wings and visits the flower today, but my mother is no longer present to show her welcome.

"O, Pure Mother, wherever you are, you become a river of home to us and flow with love……. Please forgive our impudence for we do not know how to thank you enough after growing up by receiving nourishment from your suffering……. Though we long for a love that beautifully stands, we have repeatedly failed. Now, upon burying such memories, we have resolved to follow your trait and become a river of life also. We will be Pure Mother who is indispensable to someone in need."〈Sister Lee Haein〉

I ruminate over a poem of Sister Lee Haein as to promise myself.

A Return to the Big Apple

After many years, I found my presence in New York again. It is a city where my intensive effort to settle down in America had started in earnest. The winter in New York was bitterly cold, in contrast to the soft breeze of the South Pacific and romanticism of Hawaii where I briefly resided because of my parents.

Speaking broken English, I was a man without a car, job, money, let alone medical insurance, but I still had dreams. Perhaps those years of hardship are the reason why I have a notion for offering warm words and a bowl of rice, even nowadays when I meet someone in need. Facing a language barrier amongst many different ethnic groups, I was often physically exhausted from working two or three times more than others. Over the course of such efforts in New York, I was able to fulfill my immigrant dreams little by little.

I can only say that surviving in New York and successfully completing the medical specialist course of internal medicine and nephrology were possible due to the help of Heaven and the generosity of the American society that gives opportunities to the ones that strive for their dreams.

During a training course at New York Hospital, my daughter was born. In between times during weekends, I put her on a stroller and walked in Central Park. Geese were swimming on the lake inside the park and an elderly musician played his violin on the street. Listening to the sound of a violinist who passionately performed as if he was missing his old glorious days, my wife and I were inexplicably happy as we gazed at our infant girl sleeping under the warm sunshine. Looking back on time, it still hurts my mind that I wasn't able to play enough with my daughter during her childhood. When I held her as I carried my weary body home from work, more often than not, her warm temperature found me already flaked out and she would cry loudly on my tummy.

Before I even realized, that little girl has now grown into womanhood. She is currently working for an organization called "Reading Partners". It is a well-known fact that the reading skills developed in childhood would exert a significant impact on an individual's learning ability and social adaptability.

The main duties of Reading Partners are to raise funds from business enterprises and individuals for students with inferior reading abilities among underprivileged elementary school students, and to operate a special after-school program after recruiting teachers and volunteers via collaboration with interested schools.

After working in San Francisco last year, my daughter came to New York to expand the work of Reading Partners as its program had become quite active. It seems to me that the work is perfect for her exceptional love for books, aptitude for reading, and personality to enjoy helping others. I've been receiving help from numerous people in America, and I am grateful now to feel as though my daughter is paying my debt on behalf of me.

My daughter commutes by crossing New York's oldest bridge, Brooklyn Bridge that connects Manhattan and Brooklyn by spanning the East River. Construction of this bridge began in 1870 and took thirteen years to be completed after the sacrificial death of both designers, father and son of the Roebling family. I walked on the bridge along with my wife and daughter. The river flowing idly under the bridge and the Statue of Liberty visible at the sunset felt quite different from my memory of two decades and made me hum a few lines of an old song, "Bridge Over Troubled Water".

"…When times get rough and friends just can't be found, like a bridge over troubled water I will lay me down…. When darkness comes and pain is all around, like a bridge over troubled water, I will lay me down."

I sincerely pray that my daughter will keep developing her freedom and dream, and lay a sturdy bridge for the impoverished and disadvantaged neighbors in this land where I have been making my dreams come true as an immigrant.

Albatross

Some of the terms used in golf when a player does well are birdie, eagle, and albatross. Presumably, they have derived from the flight of a golf ball, bringing to mind that of a bird. Among them, albatross is a score of three under par in a par five hole. It is, of course, an even better score than eagle, and achieving it is extremely rare.

It was in Ecuador's Galapagos Islands where I first saw and learned about a bird named albatross. Located on the equator, the Galapagos Islands are where warm and cold currents meet. Thus, famous and diverse kinds of fish, animals, and idiosyncratic birds can be found.

I was able to actually see albatrosses there. They are known as the birds with the largest wings and flying the longest distance on Earth. Their large species reach 7 kilograms, and when they fully stretch out the wings that support their massive bodies, the wingspan reaches a whopping 3~4 meters. Albatrosses travel all around the world, crossing various oceans. By the time an albatross lives upwards of fifty years, it will have circled the globe at least 150 times. The secret of albatrosses' ability to cover great distances is on their unique flight style: they soar high into the air by riding out a storm, straighten their wings, and fly by using gravity to descend towards the surface of the water like a long wave. Most birds struggle to avoid storms, but albatrosses make their flight by defying and overcoming the heavy rainstorm.

Another interesting fact is that when an albatross turns five years old, it starts learning its own dance to find mate, and practices it for several years. It then dates many partners for more years until one partner is finally chosen. When a pair bond is established, it will last for a life of 50–60 years, every bit as long as human love. One egg is laid at a time, and throughout the incubation that lasts around 70 to 80 days, both parents take turns and share troubles until their chick is hatched. The parents fly more than 15,000 km just to feed their chicks a meal. I guess albatrosses have learned from humans how to love their own children.

There are some golfers who remind me of albatross.

In the 76th Masters Tournament, Bubba Watson won the championship at the age of 33. As a farm boy growing up in the countryside of Florida, he learned how to play golf when he was six from his father, a soldier. He reportedly discovered the fun of golf while hitting pine cones. Perhaps because he had not received formal golf lesson, his posture seems a bit peculiar compared to other golfers. Nevertheless, with his unique flexibility and prominent strength, he is renowned as one of the longest drivers among professional golfers, and has now become a major PGA champion.

After his father passed away in 2010 of throat cancer, Bubba Watson started to get actively involved in charitable work, claiming, "There are more important things than golf in life". Whenever he hits the ball over 300 yards with his pink-colored driver, his sponsor "PING" donates $300 to help cancer patients. This year alone, he has made a considerable contribution by hitting over 300 yards more than 200 times.

He has recently adopted a six—week—old boy. After learning that his wife would be unable to conceive a child due to her pituitary gland disorder, he consoled her, saying "I believe this means God wants us to adopt children", and put his faith into action. In a post—match interview, he called his son's name with tears in his eyes. I do not think it was an accident that the green jacket of the Masters has been awarded to the one who holds deep respect for his parents and the living. His golf ball is like a bird that rides out a storm and flies far and away towards hope.

In our daily lives, there are indeed people who are similar to albatrosses. I am even more convinced of it when I am with chronically ill patients and their nursing family members. They are the ones who keep themselves strong by withstanding the fierce wind that mentally and physically challenges them.

If we can take our neighbors by the hand, provide a fresh cup of water to thirsty patients, offer heartfelt words of "Good morning" to people who can finally walk again after a long time of suffering, our smiles will weather a storm and spread greater distances beyond our imagination.

Life like the kidney

There's an old saying, "You can't put a price on real treasures." Water, air, sunlight, rain⋯ Come to think of it, there are indeed many precious things that cannot be attached with a price tag, although we unconsciously live with them everyday. There are also the things that are inconspicuous, and yet crucially important to nature and society. Among our body organs, the kidney seems to be the one so indispensable and vital, yet often overlooked or taken for granted. It is my great fondness for the kidneys that led me to become a nephrologist.

Most humans have two kidneys. They are located in the flank and lie obliquely for filtered urine to be easily collected. With the size of a fist, they look like beans, thus creating the term "kidney beans." Thick arteries entering the kidney from the abdominal aorta gradually spread out, producing numerous branches that look like twigs of a big tree. At the end of those branches, there are glomeruli that resemble a small skein of thread. Glomerulus, the minimum unit of filtering blood, seems as though capillaries have rolled up a skein. There are approximately a million glomeruli in each kidney.

Every minute, about 1,000cc of blood pass through both kidneys. The appearance of the urine filtered from glomeruli to gradually join together through tubules reminds me of a tiny spring in the heart of a mountain that forms a thread of water, gradually becomes a long stream, then a river, eventually to reach the ocean. Like trees and mountains are together in beautiful harmony, blood vessels, glomeruli, and the ureter mingle harmoniously to fulfill the inconspicuous but crucial role in the human body. In addition to purifying blood, the kidneys secrete various hormones vital to the human body to create blood and maintain strong bones.

Among all the people I have ever met, I recall the ones living like the kidneys, doing important things under the radar. A retired American who wipes the gang-related graffiti off the wall every morning at 5 am for ten years; an old lady who feeds poor international students every Friday night; a middle-aged woman who voluntarily gives sick patients a ride to the hospital; a pastor who guides gamble addicts through recovery; a counselor looking after broken families; an average housewife who regularly sends a relief fund to kids in underdeveloped countries; a man who helps out the homeless people everyday; an ordinary but a great mother devoted to raise her children properly despite the tight family budget; a businessman who anonymously endows scholarship for students who can't afford education······ I feel a rush of warm blood circulating around my heart when I think about these people living like the kidneys who are indeed as abundant as glomeruli. And there are people striving for life, but never losing smiles even while enduring the inconvenience of dialysis due to their failed kidney. I become solemn and humble in front of dialysis patients whom I look after. Reportedly, there are 400,000 of such dialysis patients in America. Even more impressively, when I witness people who willingly donate one of their kidneys, I begin to see why this world is still a wonderful place to live.

If we could all filter out wastes from our lives and society, and help others to live a better life⋯ If we could all be a tonic full of valuable hormones for others' lives to be healthier and more meaningful⋯ Just as trees and mountains mingle together and just as blood vessels, glomeruli, and the ureters achieve harmony in the kidney, if we could become the ones who help one another by harmonizing beautifully with the members of society⋯ I imagine how beautiful the world would be as I pray today for all of us to be inconspicuous but important parts of the Creator's masterpiece.

일상의 발견과 삶의 고해성사

– 김홍식의 수필 세계

정 목 일

(수필가. 한국문인협회 부이사장)

1.

재미 수필가 김홍식 씨는 의사이다. 이 분의 등단 작품에 이어, 처녀 수필집 원고를 읽으면서 마음이 점점 맑아져 옴을 느꼈다. 그가 지닌 정결하고 착한 마음의 손을 보았다.

필자는 많은 직업 중에서 농부와 의사를 존중하고 고마움을 느낀다. 농부와 의사는 많은 사람들 중에서 하늘이 신임하는 사람들만을 골라서 이 분들에게 거룩하고 신비한 손을 주셨다고 생각한다.

농부는 아무나 되는 게 아니다. 하늘이 이 세상에서 가장 근면하고 성실한 사람을 골라서 대지에 씨를 뿌리고 농작물을 키워 거두게 하는 임무를 주셨다. 농부의 손은 우악스레 크고 흙이 묻어 있지만, 생명의 씨앗을 심고 거두는 거룩한 일을 한다. 농작물을 관리하도록 하늘로부터 위임 받은 사람이 농부이다. 농부의 손은 정직하며 위대하다.

하늘이 농부 다음으로 신임하는 사람은 의사가 아닐까 한다. 농부에겐 생명을 기르는 초록의 손을 주셨다면, 의사에겐 사람의 질병을 치유하게 하는 순백의 손을 주셨다. 이 세상에 생명을 다루는 직업처럼 거룩하고 소중한 일은 없으리라.

　김홍식 수필가의 처녀 수필집 원고를 읽으면서 맑고 정결한 의사의 손을 본다. 기도의 손, 봉사의 손, 치유의 손을 본다. 그의 수필들은 환자를 치유하고 돌보면서 기도 속에서 손을 모으고 정성을 다하고 있음을 본다.

　　부디 내 손을 깨끗하게 해 주소서.
　　욕망에 눈이 어두워 무엇이라도 갖고 싶어
　　안달을 부리는 손이 되지 않게 하소서.
　　아침마다 손을 씻는 것만이 아니라,
　　마음의 손을 씻게 하소서.
　　그 손으로 영혼을 씻게 하소서.
　　고통을 받는 사람들의 이마를 짚어줄 줄 아는
　　손이 되게 하소서.
　　시린 손, 공허한 손, 부끄러운 손, 교만한 손,
　　야욕에 찬 손이 아니라, 따스한 손,
　　신뢰를 주는 손, 겸허와 눈물을 아는 손이게 하소서.
　　남을 위해 두 손을 모으는 손이게 하소서.
　　이익이 될 만한 사람에게만 다가가 악수를
　　청하려 하지 말고, 뒤에서 한숨을 쉬며
　　물러나 앉은 사람에게 다가가 내미는 손이게 하소서.

성실의 손, 땀에 젖은 근면의 손이게 하소서.

제발 일을 할 줄 몰라 뒷짐을 지게 하지 마소서.

어둠 속에서 신음하며 괴로워하는 사람들의 손을 잡게 하소서.

지금까지 잘 나고 의젓한 사람들의 손만 잡으려고 하지 않았는가.

탐욕과 이기심이 가득한 손,

남에게 근심과 해를 끼친 손은 아니었던가.

교만과 고자질을 일삼던 손은 아니었던가.

기도하는 손, 사랑의 체온이 느껴지는 손,

감사할 줄 아는 손, 눈물을 닦는 손,

이웃과 미소로 잡는

따뜻한 손이 되게 하소서.

　　　　　　　　　　　　　　　　　　– 정목일 〈손의 기도〉

　필자의 〈손의 기도〉라는 글이다. 김홍식 수필가의 글을 읽으면서 사랑과 근면과 겸손의 큰 손을 볼 수 있었다. 한 수필집을 읽고 나서 한 사람의 삶과 인생을 들여다보는 것만으로 그치지 않고, 삶을 통한 사랑과 마음을 만나 감화를 받는 일은 드문 일이기도 하다. 작가가 지닌 마음의 손을 보면서 독자들은 인생의 경지와 가치를 생각하게 한다. 신변잡사를 기록한 데 불과한 수필집이 많음을 보면서, 김홍식의 수필에서 기독교의 정신을 실천하는 사랑, 봉사, 나눔의 삶에서 광채와 감동을 느끼게 된다는 점이다.

　'문장은 곧 사람이다'는 말이 있지만, '수필은 곧 사람이다'는 말이 적격이다. 인생경지가 바로 수필의 경지라고 할 수 있다. 김홍식 수필가는 문학입문에 있어선 신인이라 할 수 있지만, 인생적인 경지에 있어선 이미 초탈의 경지를 보이고 있다. 기독교 신앙과 의사로서의 사명과 사랑으로 환자들의 아픔과 신음을 치유하는 참되고 따뜻한 기도의 손을 수필작품을 통해서 잘 보여주고 있다.

　　날씨가 차가워지면 더 생각나는 사람이 있다. 꽤 시간이 흘렀는데도 잊을 수가 없다. 어느 날 한인인 김씨가 배가 아프다며 병원응급실로 들어왔다. 응급실 의사가 검사를 해보니 대장을 수술해야 되는 상황이었다. 보험이 없는 한인 환자이다 보니 주치의를 맡아주어야 할 한인 의사를 찾게 되었고 나에게 연락이 왔다. 그 환자를 살펴보니 급하게 수술을 해야 되는데 그는 보험이 없다고 약을 받아 집에 가게 해달란다.

　　내가 미국에 처음 와서 보험도 없고, 직장도 없는 상황에서 맹장염에 걸렸던 때가 생각났다. 나도 그때 응급실에서 만난 외과의사 닥터 황께 똑같은 소리를 했었다. 당시 황 선생님이 나에게 해주셨던 말을 김씨에게 반복했다.

　　"사람은 살고 보아야합니다. 아무 소리 말고 수술하세요."

　　그는 무척 망설이는 표정이었지만 대안이 없었다. 인근의 선배 외과의사에게 부랴부랴 연락을 했다.

　　"선배님, 보험 없는 불쌍한 환자가 있는데 내 얼굴을 봐서 수술 좀 해 주세요."

　　이런 염치없는 연락을 자주도 했건만, 역시 의리의 한국인 외과 선배님은 군소리 없이 응급수술을 해주셨다.

수술이 끝나고 김씨의 상태가 나날이 좋아지고 있었다. 그런데 진찰 도중 이야기를 나누면서 그가 서류미비자인 것을 알았다. 갖가지 신분증을 살짝 바꾸어서 쓰고 있는 중이었다. 또 경제적으로, 가정적으로 아주 어려운 상황에 놓여있음을 알게 되었다.

병원에서 만날 때마다 그의 몸 상태는 좋아지는데 그의 한숨은 무거워져만 갔다. 드디어 퇴원 날짜가 다가왔다.

"선생님 어쩌면 좋지요?"

"나가서 조금씩이라도 갚으세요."

"그것도 마음대로 안 될 거예요. 신분도 탄로 날 것이고요."

나는 그가 간직한 모든 비밀을 정확히 알 수는 없었다. 외과선배님께 그의 이야기를 했더니 나에게 비상벨이 없는 비상구의 위치를 알려 주었다. 그때는 비밀 카메라도 없었다. 나는 그것이 무엇을 뜻하는지 알았다.

나는 환자에게 "김 선생님, 저기에 있는 문이 비상구로 통하는 문입니다. 별로 감시 장치가 없어요. 내일 아침 7시와 8시 사이에 간호사들 교대가 있으니 별로 보는 사람이 없을 겁니다." 마주치는 그의 눈이 반짝였다.

다음날 아침 8시 30분쯤 회진을 돌기 위해 그 병동에 갔더니 간호사들이 김 아무개 환자가 없어졌다고 걱정들이다.

나는 그날 하루 종일 〈레미제라블〉에 나오는 장발장과 신부 미리엘을 생각했다. 장발장은 빵 한 조각을 훔치다가 전과자로 낙인찍혀 개보다도 못한 신세로 전락한다. 그런 그에게 성당의 미리엘 신부가 도움을 준다. 그러나 비뚤어질 대로 비뚤어진 그는 이에 만족하지 않고 사제관의 은접시를 훔쳐 달아나다가 헌병에게 잡혀 신부 앞으로 끌려온다.

그 절박한 순간, 신부는 헌병에게 "은접시는 내가 준 선물이네." 라고 거짓 증언을 한다. 덧붙여 "은촛대는 왜 안 가지고 갔나?"라며 장발장에게 은촛대까지 내준다. 그 자비와 사랑으로 장발장의 모든 적개심과 굳은 마음은 녹아내린다.

그날 밤 장발장은 울고 또 울다 한 줄기의 빛을 본다. 그리고 그는 새로 태어난다. 후에 장발장은 자유, 평등, 박애정신에 입각한 프랑스 혁명을 경험한다.

요즘도 나는 병원에서 나올 때마다 '김발장'이 이용했을 비상계단을 걸어 내려온다. 잠깐이라도 운동을 하기 위함이지만 그때 마다 미리엘 신부를 용서해 주신 절대자가 나의 죄 또한 용서해 주시기를 기도드린다.

'김발장도 용서와 사랑으로 다시 태어나 어디선가 불쌍한 사람들을 도와주고 있으리라.

-〈응급실의 김발장〉 일부

〈응급실의 김발장〉을 읽으면서 '세상에 이런 의사도 있구나.' 하고 독자들은 생각할 것이다. 수술비를 내지 못하는 환자의 사정 얘기를 듣고 도망갈 통로와 시간을 알려주는 의사가 있음을 본다. 물론 이런 의사의 처사가 잘 한 일이라곤 볼 수 없다. 그러나 의사가 영리보다는 환자의 편에 서서 처지를 동정하고 도와주는 장면에서 따뜻한 인간애를 느끼지 않을 수 없다.

환자를 도피시킨 죄에 대한 용서를 절대자에게 비는 기도를 드리며. '김발장'도 '장발장'처럼 용서와 사랑으로 다시 태어나 어디선가 불쌍한 사람을 도와주었으면 하는 마음을 드러내고 있다. 이 한 편의 작품만을 보더라도 작가의 순수한 인간애와 따뜻한 마음의 손길을 느끼지 않을 수 없다. 우리는 설교나 행적에서 받는 의례적인 교훈보다, 생활 속에서 행해지는 선한 일에서 더 감동을 받는다. 김홍식 수필가의 살아가는 방식은 이처럼 '지금 이 순간'의 발견이며 깨달음으로써 언제나 기도와 사랑 속에 자연스럽게 행해지고 있음을 본다.

2.

김홍식 수필가는 의사로서의 사명뿐만 아니라, 가장으로서 책무를 다하려고 애쓰는 사람이다. 환자들에게 착한 의사일 뿐 아니라, 가족들에게도 지극한 사랑을 베푸는 모습을 보여준다. 일과 가정, 바깥일과 집안일을 병행해서 잘 하기는 쉬운 일이 아니다. 의사에게 환자는 생명과 질병을 맡긴 사람들이고, 가족은 평생을 함께 살아가야 할 사람들이다. 하늘이 주신 특별하고 큰 사랑을 실천해야 할 의무를 가진 사람이 의사임을 느낀다.

부부간의 정이 특별해서 기억에 남는 분들도 있다. 환자 중 한 노부인이 몇 년 전 뇌졸중으로 양로병원에 입원하게 되었다. 그 후 그 남편은 하루도 거르지 않고 매일 걸어서 양로병원을 방문한다. 결혼서약을 헌신짝처럼 버리는 세태에서 일편단심 열부의 사랑이 감탄스럽다.

할아버지는 병실을 찾아가 잘 알아듣지도 못하는 부인에게 이런저런 이야기를 들려준다. 병원 방문이 항상 즐겁지만은 않았을 것이지만 매일 걷다보니 할아버지는 건강이 좋아지고 성인병이 잘 조절되고 있다. 열부에게 주어지는 선물이라고나 할까….

어바인에 사는 K씨는 효성이 지극한 분이다. 빼어난 미모의 중년 여성인 그녀는 만성 신장병을 앓았는데 더 나빠져 신장 투석을 시작했다. 다행히 의료 장비가 발달해 투석은 집에서 딸의 도움을 받아 할 수 있지만, 주중에 거의 매일 해야 되는 치료는 환자를 지치게 했다.

그럼에도 불구하고 K씨는 노쇠한 시부모의 정기검진에 언제나 동행하였다. 공교롭게도 그녀의 시아버지도 신장이 나빠져 투석을 하게 되면서 양로병원으로 갈 수밖에 없는 처지가 되었다. 환자 본인은 병원 입원을 반대하지만 자녀 부부가 모두 맞벌이를 하니 투석이 필요한 연로한 환자를 집에 모실 수가 없는 형편이었다.

그때 K씨가 시부모님을 모시겠다고 나섰다. 주위 사람들의 반대에도 그녀는 아주 즐거운 마음으로 시부모님을 모셨다. 어머니가 솔선수범하자 십대의 자녀들도 할아버지, 할머니의 목욕은 물론 온갖 간호에 동참하였다.

가족들의 지극한 간호에 할아버지는 너무 행복해 하며 건강을 잘 유지했고, 손자, 손녀는 성격이 좋아지며 가족을 위하는 마음이 지극해졌다는 이야기를 전해 들었다.

그리고 얼마 지나지 않아 K씨가 신장이식을 신청해 놓은 병원에서 연락이 왔다. 콩팥 기증자가 생겨서 마지막 검사를 두 명의 환자에게 하고 있는데 그녀가 최종 수혜자가 될지도 모른다는 소식이었다. K씨의 혈액형과 조직형은 그리 흔하지 않을 뿐 아니라 신장기증을 받을 순서가 되기에는 신청기간이 얼마 되지 않아 그런 연락 자체가 놀라운 일이었다.

검사 결과가 나온 후 기적같이 그녀에게 콩팥이 주어지고 이식수술은 아주 성공적이었다. 확률이 매우 낮은 일이 현실로 일어난 것이었다. "네 아버지와 어머니를 공경하라… 네가 잘되고 땅에서 장수하리라"는 성경 구절이 떠오르는 사건이었다.

환자들은 내 인생의 스승들이다. 그들은 사람은 영원히 행복할 수도 없고 영원히 불행하지도 않다는 사실을 가르쳐 준다. 사람이 가질 수 있는 행복은 물질에 달려 있지 않고 얼마나 남을 사랑하고, 의리를 지키며, 부모를 공경하느냐에 달려 있다는 것을 깨우쳐 준다. 무엇보다 생명은 돈으로 약간 연장은 할 수 있으나 살 수는 없다는 것을 날마다 가르쳐 준다.

–〈내 인생의 스승들〉 일부

〈내 인생의 스승들〉은 입원 환자들의 모습을 관찰하고 치료하면서 얻은 깨달음이다.

'사람은 영원히 행복할 수도 없고 영원히 불행하지도 않다는 사실을 가르쳐 준다. 사람이 가질 수 있는 행복은 물질에 달려 있지 않고 얼마나 남을 사랑하고, 의리를 지키며, 부모를 공경하느냐에 달려 있다는 것을 깨우쳐 준다.'

김홍식 수필가는 입원 환자들을 돌보면서 무엇보다도 '가족과 행복'의 함수관계를 살펴보고 있다. 입원 환자를 찾는 가족들의 표정과 모습을 보면 가족 간의 사랑의 깊이를 엿볼 수 있기 때문이다. 무엇보다 '행복은 물질에 달려 있지 않고 얼마나 남을 사랑하고, 의리를 지키고, 부모를 공경하느냐에 달려 있음'을 독자들에게 알려주고 있다는 점이다.

3.

김홍식의 수필은 '의료수필'이랄 수 있다. 의사로서 의료 현장에서 일어난 환자들과의 희비애락, 치유 방법과 효과, 병원에서 일어나는 일들에 대한 체험기이다. 단순한 체험에 그치지 않고 체험을 통한 인생의 발견과 의미 부여이다. 발병이란 삶의 전개에 있어서 한 고비이며, 인생을 통찰하고 분석해 보아야 할 새로운 전기가 아닐 수 없다. 삶과 죽음의 중간에 누구도 원치 않는 질병이 기다리고 있는 셈이다.

내가 만난 사람들 중에 눈에 안 띄면서 중요한 일을 하는 콩팥 같은 사람들을 생각해 본다. 10여 년간 매일 새벽 5시만 되면 갱들이 만들어 놓은 낙서를 지우시는 은퇴하신 미국 아저씨, 가난한 유학생들에게 금요일마다 밥해 주시는 할머니, 아프신 분들을 무료로 병원에 태워다 주시는 아주머니, 도박에 찌든 사람들을 선도하시는 목사님, 깨어진 가정을 상담해 주시는 분들, 적지만 꾸준한 정성을 가난한 나라 아이들에게 보내시는 평범한 주부, 거리의 사람들에게 매일 음식을 먹이며 선도하시는 분, 빠듯한 살림에도 어린 자녀들을 잘 교육시키는 평범하지만 위대한 엄마들, 이름도 밝히지 않고 가난한 학생들을 위해 장학금을 즐겁게 기부하시는 기업가 등……. 정말 사구체만큼이나 많은 콩팥 같은 분들을 떠올리면 차가웠던 가슴에 훈훈한 피가 돈다.

콩팥이 나빠져 혈액을 투석하는 불편을 감내하면서도 웃음을 잃지 않고 열심히 살아가는 분들이 있다. 직접 돌보아 드리는 투석 환자들 앞에서 나는 숙연해진다. 미국에는 그런 분들이 대략 40만 명이 있다. 또 그들에게 자신의 콩팥 하나를 기꺼이 기증하는 사람들을 생각하면 우리 사회가 그래도 돌아가는 이유를 알 것 같다.

　우리 모두가 개인의 삶과 사회의 노폐물을 잘 걸러내어 다른 사람들이 잘 살아 갈 수 있도록 도와주는 존재가 될 수 있으면 얼마나 좋을까? 우리 모두 각종 호르몬과 같은 활력소를 내어 우리 모두의 삶을 윤택하게 하는 존재가 될 수 있다면……. 나무와 산이 잘 어우러지듯, 콩팥 안에 있는 혈관, 사구체, 요관이 잘 조화를 이루듯, 우리 사회의 여러 구성원들과 잘 조화를 이루어 더불어 돕고 사는 존재가 될 수가 있다면……. 조물주의 걸작품 중에서 눈에 안 띄지만 중요한 부분이 되기를 갈망한다.

-〈콩팥 같은 인생〉 일부

〈콩팥 같은 인생〉은 김홍식 수필가의 사상을 가장 잘 드러낸 작품 중 하나이다. 항상 눈에 잘 띄는 곳에서 열성을 보이다가 중도에 사라지는 사람보다 눈에 잘 띄지 않은 곳에서 묵묵히 궂은일도 끈기 있게 일하는 사람도 있다. 사람들의 인정과 관심을 끌려는 생각도 없이 오로지 말없이 남과 이웃을 위해 봉사하는 사람을 〈콩팥 같은 인생〉이라고 저자는 말하고 있다. 아무 탈 없이 평화가 유지되려면 서로 잘 난체 영웅이 되려고 나서는 세상이 아니라, 각자가 소리 없이 제 직무에 열중하고 자신보다 부족한 사람들을 소리 없이 도우며 함께 호흡을 맞추는 조화와 배려, 노력과 협력이 필요함을 일깨워준다. 서로가 잘난 체 다투고 시기하는 데서 질서와 조화가 깨지면서 반목과 세력 다툼이 시작되곤 하는 법이다.

〈콩팥 같은 인생〉은 자신을 내세우지 않고 소리 없이 값진 일을 해나가는 숨은 실천자를 말한다. 더구나 콩팥 하나를 기증해서 병든 사람을 살리는 경우는 살신성인의 자세가 아닐 수 없다.

김홍식의 의료수필들은 분량이 5~8매 정도로 간결하고 내용이 축약돼 있다. 말하자면 가벼운 내용으로 긴 여운을 남기려는 글과는 달리, 절박하고 위급한 상황인데도 여유와 성찰의 모습을 보이면서 삶의 지혜와 행복에 대해 생각하게 만드는 심오성이 담겨 있다. 생명의 신비와 사랑의 온기를 느끼게 하며 질병을 통해서 얻는 참다운 인생의 길을 생각하게 된다. 이런 점에서 의료수필이지만, 종교성과 철학을 보여주기도 한다. 무엇보다도 삶에 있어서 가장 필요한 건강을 위한 다양한 지식들을 가르쳐 주고 있음도 이 수필집을 읽는 소득이 아닐 수 없다.

이 수필집을 읽으면서 얻은 소득은 의사이며 재미수필가인 저자의 삶과 인생에 대한 만남을 통한 바람직한 인생 교감이 아닐 수 없다. 의사로서 환자의 질병과 병고를 치유해 줄 수 있는 거룩한 손길을 느낀다. 수필가로서 마음의 어둠을 걷어낼 수 있는 손길을 본다. 돈보다 생명과 사랑을 먼저 생각하는 참다운 의료정신과 실천에 감화를 느낀다. 김홍식의 수필집이 육체와 마음의 건강을 회복해 주는 좋은 영양제가 되리라고 본다. 김홍식 수필가의 처녀 수필집 발간을 축하드린다.